彼女のことを知っている

SOU KUROKAWA

黒川創

新潮社

目次

装画　宇野亞喜良

装幀　新潮社装幀室

彼女のことを知っている

i　彼女のことを知っている

二〇代のころ、知り合いの映画プロデューサーから声をかけられ、シナリオ書きの仕事をしたことがあった。一九八八年、初夏、私は二七歳になろうとしていた。

高木遼一《たかぎりょういち》という名のプロデューサーは、新宿の駅ビルの最上階にある喫茶店に私を呼んで、ソフトカバーの本を一冊、テーブルに置き、

「これをシナリオにしてほしい。去年出た本なんだ」

と用件を切り出した。『脱輪家族』というタイトルで、ポップアート系の女性画家による自伝的なエッセイらしかった。著者である若月《わかつき》マヤという名の画家とは、面識があった。ひと回りほど年上の世代に属して、さっぱりとした口調で話す、美しい人だった。

「ご存知かもしれないが、この若月さん、しばらく前に、写真の峰隆《みねたかし》と所帯を持ったろう？

うん。おれたちは『内縁』って言ってきたけど、このごろは『事実婚』っていう呼び方があるらしいね。とにかく、籍は入れずにいるんだそうだ」

高木プロデューサーは、若月マヤよりさらに一〇歳ほど年長の写真家の名を挙げた。

「――峰さんが妻子持ちだから、一〇年以上、その状態で付き合ったそうなんだ。彼のほうは、もう家を出ていたんだけど、子どもがまだ幼かった。それもあって、女房が離婚に応じてくれなかった。峰さんと若月さんも、別べつに住まいを持ったまま、妻子のところに仕送りを続ける、というふうだったらしい。本には、そんなふうに書いてある」

「そういうとき、若月さんにも、養育費とか、責任が生じるっていうことですか？」

私はまだ若く、状況を思い描くこともできずに、尋ねた。

「そうじゃないんだろうが、峰さんに十分な収入がなかったってこともあるんじゃないかな。自分たちのことで、よその家庭をつぶしちゃったって負い目もあったかもしれない。彼女自身も、子どものころ、両親の離婚や再婚を経験していたそうだから。この本によると」

「……なるほど」

あいまいに答えて、私はうなずく。

「つまりね、いまのおれの立場と同じなんだ」

プロデューサーは、白髪まじりの短髪をごしごし搔いてから、白状して、笑った。

「――だから、つい、峰さんの立場で、身につまされるところもあるね。いや、調子良すぎるな、とも思うしさ。若くて美しい恋人が、仕送りにまで協力してくれたりして」

「そうなんですか……」

苦笑で受け流し、話の続きを相手に促した。

「峰さんの女房は、その後、がんで亡くなった。それで、彼らは所帯を持つことにしたらしい。これまで母親といっしょに暮らしてきた息子は、もう高校生になっていた。でも、まだ未成年。だから、彼を引き入れて三人で住もう、と。つまり、バラバラに暮らしてきた三人が、ここで一カ所に寄ってきて、『家庭』を始める。

映画としちゃあ、これがポイントだと思うんだ。バラバラな生活習慣を持ってきた三人が、急に『ムスコ』を持ったり、『ツマ』を持ったり、『ママハハ』を持ったりで、『家庭』を作る。ただ、そうなると、これまでの三人の関係とは何かが違ってくる。ここまで、それなりに安定していたものも、急に崩れるかもしれない。だから、組み換えなんだ。互いの関係の。……これだな。そこを映画にできたら、おもしろいんじゃないかと」

「ふーん」

「まあ、勘だけどね。あとは、若干のおれ自身の体験から推測して」

あははは、と、高木さんは笑った。

映画プロデューサーって、こんなことを考えている商売なのか。なかばは、あきれもしながら聞いている。

「――だから、こないだ、若月さん本人に、権利関係のこと、問い合わせた。そしたら、もうテレビドラマ化の権利は、ＴＢＳが買ったっていうんだ。まったく、気が抜けない。とにかく、早いんだ。いま、やつらにはカネがあるからね。

はっきり言って、この『脱輪家族』って本は、硬いんだ。このままテレビドラマにできるような代物じゃない。善くも悪くも、若月さん、書くものでは全共闘世代の人だから。

でもさ、この、中年の子持ち男、シングルの女の芸術家、義理のムスコにあたる高校生、っていう設定は、おもしろい。ドラマにすりゃあ、女の立場がまんなかに来る。これからは、テレビの世界も、当分、フェミニズム寄りというか、それでいくと思う。

だから、テレビ局じゃ、この人物設定だけをいただこう、ってことなんじゃないかな。テレビドラマ化で支払われるカネというのは、そのためのパテント料だね。いまは、原作とは話が大きく懸け離れたっておかまいなし。原作料だけ払って、タイトルは違うものに変えて、ドラマにしちゃうことがけっこうある。そういう場合は、原作のクレジットも入れない。そこは、原作者との話し合いなんだ。話が原作と大きく違うんじゃ、クレジットは入れてほしくない、っていう作者もいるから。そのときは、作者への原作料だけ払っておく。まあ、あとでトラブルにならないための保険だな。その場合は、脚本家の名前だけがクレジットされている」

「じゃあ……」

と、私は尋ねた。

「――テレビドラマ化の原作料が支払われたとしても、実際に番組が作られるかは、まだわからないってことですか？」

「だと思うね」

高木さんは、ちょっときつい目つきの真顔に戻って、答えた。

「――いま、連中のところには、アブクみたいなカネが唸ってるときだから。そういうやりかたなんだ。

でも、おれたちは違う。相変わらず、すかんぴんだ。だから、映画にする以上は、テレビドラマより先に作っちゃいたいわけ。商売としては、それが得かどうかはわからない。テレビ化されれば、それが客層を増やすことにはなるから。でも、まあ、これは映画屋としての意地みたいなもんだね。

だから、頼むよ」

ベテランのプロデューサーから、若造の私が、軽く頭まで下げられたので、驚いた。彼は、小肥りな体にポロシャツで、腋に汗が少しにじんでいた。

「でも、なんで、僕に？　シナリオなんて、書いたことありません」

「君の名前が出たんだ。若月さんから。

この本から映画を作るにあたって、まず監督、それからキャストを決めていく。そのためには、シナリオを用意しなくちゃならない。ところが、あいにく、いつも使ってるシナリオライターたちが、いまはそれぞれに仕事を抱えちゃってる、という話をしたときに。

そしたら、彼女のほうから『小暮《こぐれ》ミツオっていう、映画評なんかも書く若いライターがいるでしょう。知ってる？』って、君の名前を出した。『彼、やれるんじゃない？』ってね。

なるほど、それはそうだな、と思ったわけだよ」

あべこべに、こちらが驚いた。

「若月さんが……。

ちょっと前、あの人にインタヴューして、記事を書いたんですよ。そのときのことから、思いついたんだろうな」

「映画の話だったのかい？」

「まあね。

だけど、僕、若月さんの著書さえ、まともに一冊通して読んでもいない。この『脱輪家族』も知らなかったし」

目の前に置かれた本を指さし、私は言った。

「まあ、それはいいんだ」片目をちょっとしかめて、高木さんは苦笑する。「おれが訊いてるのは、君がやった若月さんとの仕事というのは、映画に関するものだったのか、ということだよ」

「映画雑誌で〝少女映画〟の特集をやろうってことになって、『私の好きな少女映画』だったか、そういうテーマで、話を聞かせてもらったんです。あの人、以前、少女論みたいな文章をどこかで書いていて、そこでの少女マンガの取り上げ方がおもしろくて、印象に残っていたから。古いところだと『若草物語』とか、ちょっと前のエリセの『ミツバチのささやき』とか……。それから、こないだ、ポール・ニューマンが監督して『ガラスの動物園』を撮ってたでしょう？　役者としてはハリウッドで派手にやってきた人が、自分で監督するとなると、こんなに静かな戯曲を撮りたいのか……って、ちょっと気になって。だから、ちょうど試写会が始まる時期だったんで、こういうのも観てみますか？　って、若月さんを誘ったんです。

　そしたら、実際、すごく良くて。だから、二人で感激して、そのあと居酒屋でちょっと一杯やりながら、こっちもいい気になって、戯曲とかシナリオについて勝手なことをしゃべった気がする」

「やるじゃない」高木さんは、冷やかすように、目を見開いて笑った。「若月さんには、説得力があったんだと思うよ。『小暮くんなら、できると思う。カサヴェテスみたいだった』なんて言ってたから」

「まさか」赤面して、私は目をそらした。「でも、そういえば、ムスコのことも若月さん、言ってたな。やっと大学卒業で、助かった、とか」

「そう、そのムスコだよ。峰さんの子が。この本じゃ、『トラ太郎』って、ふざけた名前になってるが」

手もとの『脱輪家族』を指さして、彼は話を引き戻す。

「――まあ、そういう次第なんだ。おれだって、君ならできると思って頼むんだから、引き受けてくれよ。

ただし、仕事としては急ぎたい。うちみたいな独立系の製作会社は、劇映画でなんぼか稼いで、それをドキュメンタリー映画のほうにまわして、赤字を埋めてきた。その手の資金繰りが、どうしたってあるんでね」

「なるほど……」だが、まだ私には、警戒する気持ちのほうが強かった。出版の世界でも、フリーの業者として、さんざん煮え湯を飲まされた。映画の世界となると、なおさら、それがひどそうだと想像はつく。「ただ、こっちとしては、条件面も聞かないと。ギャラの支払いとか」

「それなんだけどね、たいした額は出せないんだ。ただ、いずれビデオ化されるから、そのさいの印税はシナリオライターにも出る。テレビで放送されれば、そのときにも」

ひと息置いて、彼は口にする。

「――一〇〇万円でお願いしたい。シナリオ料は」

正直、私には、思いがけない大金だった。世間はバブル景気と呼ばればじめて、浮かれていた。けれど、フリーの私は、窮していた。とはいえ、ここは慎重にと自分に言い聞かせながら、さらに訊く。

「支払いは、どの時点で？　こちらも、所帯持ちで、筆一本の暮らしですから、見通しが必要なんです」

すったもんだの末、女と入籍したばかりのころだった。そんな私生活まで楯に取って、私は食い下がる。

「わかった。初稿を受け取る時点で、半金、五〇万を支払う。あとの半金は、最終稿が出来あがったときに」

あっさりと、高木さんは、かなりの好条件に思える支払い日程を示してくれた（あとで思い返すと、やはり、こちらが甘かったのだが）。もう、これを断わるわけにはいかない、と考えた。

じゃあ、シナリオ、とにかく書いてみます――ということにして、高木プロデューサーとは別れた。まず、原作となるべきエッセイ『脱輪家族』を読んでみるしかない。実際の執筆作業は、いま抱えている仕事を片付けて、それからのことになるだろう。


夏の終わり、高木さんから自宅に電話があった。

「シナリオは、どう？　こっちとしては、そろそろ初稿は上げてもらいたいな。監督、キャストのスケジュールも、押さえなけりゃならないから」

こちらは、まだ、ひと文字も書けていない。高木さんも言っていたことだが、『脱輪家族』は、およそテレビドラマや映画の原作にふさわしい書き方ではないのである。著者の若月マヤは、画家であるのとともに、これまでにも女性論などの文章を書くことがあった。いくつか、私も目を通したことがある。この『脱輪家族』も、それらと共通する文体になっている。

「近代的結婚に失敗した子連れ男」との「新・再婚的『同居』家庭の冒険」に乗り出していく自分――という語り口。明るく、くだけた調子で書かれているのだが、どうも、これがぎこちない。


ともあれ、主要な登場人物は三人である。

画家で、三〇代なかばの「私」。

高校三年生、一八歳の「トラ太郎」。

「私」の連れ合いで、四〇代なかばの写真家「オロンゴ鳥人」。

加えて、彼らがつどう「家族ゲーム」の対岸に、すでに故人だが、「近代的女性の常道」を生きたとされる「トラ太郎の母親」がいる。

これらの人びとを登場人物とすることで、ポスト近代社会を舞台とする物語をどうにかでっち上げれば、シナリオライターとしての職責をまっとうしたことになるだろうか？ ——そうしたことを一日延ばしに思いあぐねるうち、ここまでの日々が過ぎてきた。

高木プロデューサーも、これについてはお見通しの上で、電話してきているように思われた。率直な現状をこちらから話す。すると、彼は、

「缶詰めになって、書くかい？ それが良ければ、ホテルを用意しようか？」

と、実に鷹揚なのである。

「お願いします」

迷わず、答えた。少なくとも、これで、自宅での妻の無口な不機嫌から逃れて、シナリオづくりに専心することができる。経済的な不如意は、どうしたって、人間関係にもよろしくない。

スポーツバッグに、衣類や筆記用具などを投げ込んだ。当時は、まだ、携帯電話も、ノートパソコンもない。私が使っていたのは、二百字詰めの原稿用紙である。百枚綴りの原稿用紙を一〇冊ばかり、これもバッグに投げ入れた。指示された通りに、新宿のはずれのホテルに出向

いたのは、九月一〇日ごろだった。まだ、夏の蒸し暑さが、アスファルトに覆われた午後の街じゅうに残っていた。

ホテルの場所は、歌舞伎町から、職安通りを抜け、明治通りとの交差点まで出たあたり。煤けた蛍光灯の下、薄暗いフロントで、名前を告げて、チェックインした。狭いエレベーターで四階に上がり、鍵を回して自室に入っても、やはり煤けたような空間だった。臙脂《えんじ》色《いろ》のカバーがかかったベッドと、壁ぎわに作り付けられた横長の机、擦り切れたソファセットの向こうに、二四インチのテレビがある。窓を開けても、隣のビルの薄汚れた外壁が、目の前に迫っているだけだった。

期限も切らずに、ホテルで缶詰めになるかと言われ、妙に気前がよいなと思った。だが、こういうホテルだったか。不満というより、むしろ納得が、胸の底に生じていた。こんな話に飛びつく自分に、嫌気がさした。高木プロデューサーたちの映画製作会社の事務所は、ここからだと、歌舞伎町をあいだにはさんだ西新宿である。彼は、猥雑な街の雑踏を歩いて横切り、私の仕事の進行具合をおりおり覗きにくることになるのだろう。

筆記用具を机の上に並べて、仕事の準備に気持ちを向ける。『脱輪家族』もスポーツバッグから取り出した。

だが、この仕事は、やっぱり難しい。

『脱輪家族』を一つのエッセイの「作品」として読み進もうとすると、繰り返し、つまずいてしまう点がある。それは、著者の若月マヤたる「私」が、本書で展開される「家族ゲーム」のなかで、選手《プレイヤー》と審判《レフェリー》を兼ねてしまっているように見えることだ。

ここで、選手たる「私」の役回りは、妻帯者の「オロンゴ鳥人」（パートナーの峰隆氏に振られるニックネーム）との一〇年間に及ぶ恋愛生活、そして、相手の妻の病没を経て、「トラ太郎」（オロンゴ鳥人と亡妻の間の息子）を含む三人で、新たな「家族」の結成へと踏みだしていく女性である。

一方、著者の若月さんは、審判の立場にも回って、この「家族ゲーム」をめぐる関係者の位置取りを判定して見せる。いわく、オロンゴ鳥人（一九三八年生まれ）は、日本社会が近代から現代へと構造的な変化を起こす時代に爆発したラディカルな「六〇年代文化」を内面化して生きている、とする。また、その息子のトラ太郎（一九六四年生まれ）については、騒々しい「反抗的なロック・グループ」の曲が大好きで、「親父の感じ方がおれと似ている」ことを喜ばしく感じているのだそうだ。また、著者自身である「私」については、「六〇年代文化」に引き続いて生起する七〇年代の「女性解放運動」の「ラディカル性」を我がものとして生きている、と自己申告。

かたや、病没したオロンゴ鳥人の妻については、「いわば、近代的女性の常道として、まさにその死にいたるまで、離婚を拒絶しつづけた」人物である、と解説。そこから、「私」と「トラ太郎の母親」に体現されているのは、「六〇〜七〇年代の性革命をはさんで両極的に対立したふたつの価値」である、という判定が下される。

シナリオライターとして傍観者の位置にいる私から見れば、これはずいぶん著者本人（たち）に甘い判定に映る。ここには「選手」が「審判」を兼ねることによる、表現上の根本的な弱さと無理があるのではないか？

絵にたとえれば、描線が弱い。センチメンタルな、ぶよぶよした線に甘んじてしまっている。だから「オロンゴ鳥人」「トラ太郎」「私」という三者のパーソナリティがきちんと描き分けられず、だんご状に一体化して見える。もっとガリガリに痩せた線で描ければ、一人ひとりの姿かたちが浮かび上がってくるかもしれないのに。

そのせいか、かえって、哀れむべき敵役といった扱いのオロンゴ鳥人の亡き妻の人物像のほうが、興味を掻き立てる。著者の関心が素っ気ないぶん、こちらの人物の描線は、余計な水ぶくれを免れているからだろう。

ところで、ここで言われる「性革命」とは、何か？　誰によって、何が目ざされ、どの程度まで達成されたことで、「トラ太郎の母親」と「私」との価値観は「両極的」に引き裂かれるに至っているのか？　また、これは、本当のことなのだろうか？

ポール・ニューマン監督「ガラスの動物園」の試写を若月マヤさんと観たあと、居酒屋で意気投合して酔っ払い、「ほんと?」「そうそう!」などと、騒ぎあったりしたのが嘘のようだ。「革命」には、勝者だけがいるのではない。敗者もいる。途中離脱者も。裏切り者と指さされる者や、みずから転向を選んだ者もいただろう。

たとえば、私の母は、「トラ太郎の母親」とたいして違わない世代である。それでも、彼女には、若月マヤさん当人にあたる「私」と同様、年長世代なりの「性革命」を夢見るところはあったように思える。

だが、革命には、挫折が伴う。いや、日々の暮らしに追われるうちに、革命など、その大半が忘れ去られるものなのではないか。しかも、私の母の場合、分類すれば、結果的には「トラ太郎の母親」の側に属した者とみなされるのではないかと思う。

「ガラスの動物園」の母親アマンダも、女手一つで子ども二人を成人させた職業婦人で、女が手に職をつける必要を言い立てて、内気な娘ローラのお尻をたたき続ける。だが、残念ながら、彼女たちは一九三〇年代を生きていた。もしも、アマンダやローラが、「性革命」のムーヴメントに出会っていれば、いったいどんな意見を抱くことになっただろうか?

原稿を書くには、2Bの芯を入れたシャープペンシルを使っている。二百字詰めの原稿用紙にシナリオを書いていくにも、これである。書いては消し、書いては消しで、消しゴムの黒いカスだけ、机の上に溜まっていく。


食事は、一日三度、ホテル従業員の中年男性がルームサービスで運んできた。

朝は、コーヒーとトースト、ゆで卵、野菜サラダ。昼は、麺類（スパゲッティ、焼きそば、焼きうどんなど）。夜は、和食で、ビールが一本付いてくる。献立には、毎晩、鮎の塩焼きが含まれているのだが、添えられる小皿の蓼酢《たです》が、妙に人工的な緑色に感じられて、気味が悪かった。こんなホテルのどこかに調理室があるのか、それさえわからない。

毎晩八時を過ぎるころから、フロント前のソファに女性が一人、じっとうずくまるように座っていることに気がついた。マッサージのルームサービスの業者として、常駐しているらしい。とはいえ、宿泊客の人影さえ、めったに見かけない。あるいは、彼女は、性的なエスコート・サービスを兼ねているのかもしれないが、衣服はごく地味で、こちらがロビーを横切るあいだも、特別な気配は示さない。彼女がいる場所はフロントよりもさらに薄暗く、表情さえうかがえず、年齢の見当もつかなかった。

いくらか原稿を書き進むと、もとの場所までさかのぼって、手を入れなおす。深夜、不意にベッドで目が覚める。そういうとき、また椅子に座って、読み返す。だが、こうしたことを重ねるにつれ、不安はむしろ増していく。

　映画は少年のころから好きで、わりに詳しいつもりだった。けれど、いざ実際にシナリオを書こうとすると、たとえば対話の場面でのキャメラの切り返し方にさえ、これまで自分がほとんど注意を払ってこなかったことに気がついた。

「そんなことは、気にしないでいい。キャメラマンたちが、職人としてこなしていくことだから。寺山修司の『サード』のシナリオ、読んだことある？　あれなんか、ただの詩みたいな代物だよ。要は、監督が、それを頼りに撮れる気になりさえすりゃあ、いいんだ。いや、寺山さんなんか、これで撮れるもんなら撮ってみろ、っていうくらいのつもりだったのかもしれないが」

　電話でこちらの不安を訴えると、プロデューサーの高木さんは、そのように言うのだが。

　高木さんは、二日に一度くらいのペースで、西新宿の事務所から、歌舞伎町を横切って、このホテルの部屋まで様子を見にくる。小肥りな体つきにポロシャツ姿で、ベースボールキャップをかぶり、チノパンのポケットに両手を突っ込んで、うつ向きかげんに雑踏のなかを歩いてくる様子が目に浮かぶ。

　歌舞伎町界隈、あちらこちらの電話ボックスや公衆電話に、ピンクチラシが埋め尽くすように貼られて、「ホテトル嬢」への電話を誘っていた。まだ携帯電話というものがないだけ、こうした商売も路上に露出していた。おそらく、そのぶん、いくらかは、嘘も少なく済んでいた。

ホテルの部屋のドアを軽くノックし、高木さんは、入ってくる。机の上のシナリオの原稿の束に目を落とし、立ったまま、それほど興味もなさそうに、指先でぱらぱらめくっていく。ただ、ところどころで指を止め、

「……あ、卒業式ね。これ、生徒や父兄が並んだところを撮ろうとすると、エキストラでカネがかかっちゃうんだよな……」

「……ん？　《猫が部屋を横切る》……。猫も、レンタルが高くて。ちゃんと、演出通りに動いてくれるような動物は」

高木さんは、口のなかで小さくつぶやく。でも、それだけだ。書きかけのシナリオの内容については、いいとも悪いとも、彼は言わない。

そして、ただ、

「あと一週間くらいで、初稿、上げてくれると助かるなあ。監督候補に、声はかけてあるから」

このところ評価の高い若手監督の名を挙げる。切れ者と言われるプロデューサーだけに、こうしたほのめかしかたにも抜け目がない。あとは、こちらを追いつめず、鷹揚な態度を保って

いる。

そして、

「……じゃ、がんばって」

と、激励の言葉だけ残して、引き上げていく。

気ぎこちなさ。これが、いくらかずつ形は変えながら、しかも消えずに続いていくことが、気になっている。

フリーセックス、という言葉がしきりと口にされる時代があった。

ウーマン・リブという言葉も。これは米国だとwomen's libで、women's liberationを短くしたものだという。

どちらも、一九七〇年代に入るころからのことだろう。

「フリーセックス」、これはおもしろい言葉だと思う。さほど正面切って主張されたものではなく、だが、それとなく、あらまほしき精神の方向性、といったおもむきで、この時代の若者たちの生活ぶりを水面下で領導しつづけた。そうでありながらも、これを実行に移そうとすると、各自のなかに、こわばりが残った。郷里の父母の価値意識と、どこかヘソの緒がつながったものをまだ若者たちは身中に持っていた。

Sexual Freedom――むしろ「性的自由」と言うべきか。だが、そのように言う者はいなかった。「フリーセックス」、その言葉だけが伝える、あやふやな使い勝手の良さが存在していたからだろう。

郷里の京都に「ロシナンテ」というヒッピーたちが作った喫茶店があって、私は、そこで世話になっていた時期がある。一九七三年、小学六年生になるころから、数年のあいだだった。

きっかけは、こんなふうなことだったか――。

私の母は一九三三年、父は三四年、私自身は六一年に、それぞれが生まれた。つまり、うちの両親はオロンゴ鳥人より四、五歳ほど年上、そして、私はトラ太郎より三歳年長だ。わずかな年齢差が、ときに運命を分ける。ここでも、そこに原因があったのかどうかは、わからない。だが、「ロシナンテ」の近辺で私たち親子三人が経験する「性革命」とでも言うべきものは、『脱輪家族』でのそれとは、ずいぶん違っていたようにも思い返される。

「ロシナンテ」という喫茶店は、叡電の出町柳駅から、高野川ぞいに一〇〇メートルほど、川端通を北に歩いたところにあった。一九七二年、その店の建物が若いヒッピーたちの大工仕事で造られていくおり、私の父も、それにいくらか関与していた。

父は、この街で高校生として過ごしているころ、海を隔てた朝鮮半島で、朝鮮戦争が起こって、反戦平和運動に加わった。戦争に物資を売りつける「朝鮮特需」で、日本国内の景気は良かった。これに便乗して自分たちの暮らしを向上させていくことは、「大東亜戦争」下に子ども時代を過ごした若者として、自分に許しがたく感じたのではないか。だが、そうした理由で政治参加を選ぶと、ある意味、さらに激しい自己矛盾を生きることになる。尖鋭化する「反戦平和運動」は、実質的に非合法化された共産党指導のもとで「武装」路線を取りはじめる。父は、その一翼を担って、地元京都の警察幹部宅に火炎瓶を投じて、逮捕。黙秘したまま起訴、数十日を拘置所で過ごした。保釈後、今度は共産党からの査問を受けて、やがて党を除名。一方、公判は長く続いた。法廷での検察官による「君は、火炎瓶を投げつけた窓の向こうに赤ん坊がいたとしたら、と想像することもなかったのか？」という追及を、彼は、ただの法廷戦略とみなして聞き流すことはできなかったはずである。その間、高校在学中の留年、浪人で、大学入学は遅れ、大学在学中にもさらに遅れを取って、卒業は一九六〇年春だった。

それまでのあいだに、同じ法学部に在学していた母とのあいだに恋仲が生じたらしく、六一年初夏、私が生まれた。母も、生家の事情などから遅れがちに大学生活を過ごしており、私を出産するときにも、まだ大学に在籍したままだった。六〇年秋、母が通っていたキリスト教会で結婚式を挙げる二人の写真が残っている。このとき、母の胎内にはすでに私がいたはずで、これも「性革命」の季節に先駆けて、いわば彼らがゲリラ的な挙動に出ていた、一つの状況証拠かもしれない。いや、むしろ、「性革命」とは、いつの時代も、お決まりの逸脱行動として、それぞれの村々、家々に、萌芽が繰り返されてきたと言うべきか。

一九六〇年代、父は京都市役所に勤務しながら、ベ平連（ベトナムに平和を！市民連合）などの反戦運動に参加した。彼は、そうした行動を通して、ひと回りほど年少の世代、戦後生まれの若いヒッピーたちとも知り合った。自身は一〇代からマルクス主義の党派で過ごしたが、こうして三〇代にかかるころには、すでに擦れっ枯らしで、むしろ無政府主義的に自立した暮らしを求める若いヤカラたちとのほうが、肌が合った。このころ、彼は市役所に中小企業診断士として勤めており、「ロシナンテ」の開業準備にあたっても、（公務ではなく個人的に）経営診断と助言を行なった。

ヒッピーたちは、まず土地を借り、建材を仕入れ、自分たちで材木を鉋《かんな》がけして、「ロシナンテ」の店を建てていった。木造二階建て、ログハウスみたいな造りの建物である。

古い京都の町家を取り壊した敷地を使っているので、間口は狭く、奥へと長い。つまり、いわゆる「うなぎの寝床」の敷地で、店の入口近くから奥のほうへと並ぶ四人掛けの木製テーブルが一〇卓と、カウンターにも五つばかり席があった。全部で七、八人のスタッフが、入れ替わり立ち替わり、働いていた。近くに大学がいくつもあるので、お客にも学生が多い。彼らは相席でも気にかけず、店が混みあう時間帯には、見知らぬ者同士がぎゅうぎゅう詰めに譲りあって座っていた。

小学生の私も、ときどき、父に連れられ、店が普請中のころから、大工仕事の様子を見にいった。「ウマ」と呼ばれる作業台に材木を渡し、鉋がけする。釘を何本も咥《くわ》え、カナヅチで次々に打っていく。そうした様子に夢中で見入った。

一階部分の軒先となるべき木組みに取りかかっているとき、ひげ面の長髪にタオルで鉢巻きした男たちが、二人並んで、垂木《たるき》の先端に鑿《のみ》を当て、それぞれ、懸命に細工を施している。何かと見ると、片方の男が垂木の先端に施しているのはサメの頭部で、もう一人の男が施しているのは人間のペニスの形だった。それらは、見事な出来ばえのトーテム・ポールのようにも見えていた。垂木は、道路側に向かって、建物から突き出す。だが、軒の材木をかぶせるので、その蔭に隠れる。だから、道行く人で、気づく人はないだろう。

私の両親の夫婦関係は、このころ限界に達し、母は小学五年生の私を連れ、父と暮らした家を出た。

母も勤め先を持っていた。だが、当時は、夫婦共稼ぎという就労形態の家庭はまだ少なく、学童保育など、子どもの預け先がしっかり制度化されてはいなかった。だから、学校が夏休みの期間中などには、朝、母はやむなく私を連れて出勤し、職員食堂で本などを読ませておいて、昼食だけ一緒に取り、また夕方まで部署に戻って勤務したりしていた。子どもにとって、これではあんまりだ、ということになり、父が私を連れに来て、相手をしてくれることもあった。だが、父は簡単な食事さえ、自分で作れない。だから、二人で出歩く日には、おのずと「ロシナンテ」にも顔を出す。

ここに来れば、タンクトップやTシャツにジーンズという出立ちの若い男女が、自分たちで料理もつくって、どうにか暮らしを立てている。だから、「学童保育所」代わりに、わが子をここに放り込み、父は自分の職場などに戻っていく。

あれは、なんだったんだろうな……。と、思いだす。

「ロシナンテ」の若者たちは、ことさら私を子ども扱いすることもない。だが、子どもがいることについても、平気である。自分たちが「大人」だという自覚も、べつにないようだ。幼い私にも、自分たちと同じものを食べさせて、あとはほうっておく。たまに、店でかかっているレコードのジャケットを持ってきて、

「いまかかっているこの曲ね、歌っている人はジョニ・ミッチェルっていうの。わたし、好きなんだ。どう？」

と、特に子ども向きでもない話題で、話しかけてくれる女の人もいた。細面で、髪を伸ばして、前髪を揃えていた。言葉数は少なく、ジーンズに黒の長袖Tシャツを着て、はにかむように微笑すると、えくぼができる。その姿を覚えている。

「――かに座生まれの女の子……って、小さな赤ちゃんのことを歌ってる」

店の前の高野川べりを下流に向かって、鴨川との合流点のほうへと一人で歩いた。水がぬむ時季には、川草のあいだにオタマジャクシが泳いでいた。水辺で、それを確かめ、また店のほうへと戻ってくる。

つまり、「ロシナンテ」は、私にとって、緩衝地帯《バッファーゾーン》のような場所だった。特にすぐれた知恵者や指導的人物がいるわけではない。ただ、いま、ここにいるあいだは、あるものを分け合って食べる。それが当たり前のこととされる安心感があった。

両親は、学生時代、サルトルやボーヴォワールになじんだ世代ということになるだろう。父は、中年に至ってからも、なおサルトルを読んでいた。一〇代のうちに彼が経験していたことを思うと、それは、当然のことのように感じられる。一方、そこにボーヴォワールを持ちこもうとしたのは、母らしい。「サルトルとボーヴォワールのように」などと、歯の浮くようなことを母は言うことがあった。それは、いささか強引に引き寄せられた、自分たちの男女関係についてのロールモデルのようなものであったろう。「お母さん、それは、ちょっと的外れなのではありませんか」と、本当は、声をかけてみたい気持ちを、少年なりにいつも私は抱いていた。

ボーヴォワールの証言によるなら、若いころ、サルトルは言ったのだそうだ。

《僕たちの恋は必然的なものだ。だが、偶然の恋も知る必要があるよ》

彼女は、これに加えて交わした、二人の約束についても述べている。

《嘘をつかないという以外に、互いに隠しだてはしない、という約束だった》

そんなこと、実行できるのか？

京都の喫茶店「ロシナンテ」で働いていたヒッピーたちは、『脱輪家族』の著者、若月マヤさんとほぼ同世代の男女だった。一九四五年に戦争が終わって、それからの数年間に、ベビーブームで生まれた世代。ジーンズ、洗いざらしの木綿のシャツ。男も髪を長く伸ばして、ひげを蓄える者が多かった。女たちは、自分らの耳たぶを氷で冷やして、刺繡針を通し、消毒して傷を癒してから、小さな石のピアスを着けたりした。男はネクタイとは無縁で、女はブラジャーを着けていないようだった。自分のからだを不自然に拘束したくない、ということだったのだろう。

私の父は、こうした年少の知人たちをさして、

「やつらは、ボロとして捨てられてるジーンズやセーターを拾ってきて、きれいに直して、身につけて暮らせる。大型ゴミの日に、路上に出された家具や冷蔵庫も拾ってきて、自分で修繕して使っている。すごいな。カネがなくても暮らせるんだ」

と、よく言った。本気で驚き、憧れを抱いたような響きがあった。

父は、戦時下に子ども時代を過ごした。だから、食料不足のつらさは、戦後生まれの若者たちより、痛切に経験したはずである。それでも、古い家族関係のなかでの男児として育って、簡単な料理さえ作れず、繕いものもできない。いざ、女房と別居すると、炊飯器の使い方もわからず、小学生の私を電話で呼び出し、炊き方を実演させた。物資や食品が溢れる只中にいても、調理ができなければ、飢えてしまう。彼は、そのような世界で生きてきた。

過激派の政治少年として過ごすなかでも、彼の観念が生きる「世界」は、そうだった。マルクス主義が想定する図式において、農産物を生産するのは「農民」で、工業製品は「工場労働者《プロレタリアート》」が担っている。路上で拾うジーンズやセーターから使用価値を生みだし、庭先で野菜でも作って気楽に食いつないでいくヒッピーは、『資本論』中に登場しない。そこでの世界は、あくまでも分業化を通して現出する「交換価値」にもとづくことで把握され、語られているからだ。

「ロシナンテ」で働くカップルの一組、サトルさんと由子《よしこ》さんが、京都御所の西側の一角、路地の奥の長屋で暮らしていた。由子さんは、頬にえくぼを作りながら、私にジョニ・ミッチェルの「ブルー」というアルバムを教えてくれた人である。サトルさんは、少し年長で、大工仕事などでは棟梁格をつとめる人だった。店の軒先の垂木に見事なサメの頭部を彫っていたのも、たしか、サトルさんだったと覚えている。

夕刻、その家に伴われていくと、サトルさんは流し台の下から、アルミニウムのボウルを取り出した。そして、サンダル履きで近所の商店街のほうへ出ていき、大ぶりの木綿豆腐を一丁買って、戻ってきた。肉屋にも寄ったらしく、豚ひき肉の小さな包みも持っていた。由子さんは流し台で米を研ぎ、ねぎや生姜をゆっくりと細かく刻んでいた。

そうやって「麻婆豆腐」というものをご馳走になったことを覚えている。あれほど辛い料理を食べるのは初めてだった。子どものころ、日本の家庭料理で、あのように香辛料で「辛く」味付けするものはなかったと思う。だが、こうやって食べさせてもらうと、うまかった。ヒッピーたちの安上がりで健康に食べられるソウルフードとして、こうした料理は、町裏で普及しはじめていたのではないだろうか。

「ロシナンテ」は、自然な食品のメニューにしようと、心がけていた。ジュースを作るとき、オレンジ類は果実を搾って、桃やリンゴはミキサーで砕き、ぶどうは煮出した。アイスクリームも、牛乳、生クリーム、卵黄、砂糖で作った。カレーは、タマネギ、小麦粉、生姜、ニンニク、スパイス各種などを炒めてルーをこしらえ、野菜、鶏ガラなどからスープストックを取っていた。ピザトーストなどのチーズは、重さ一二キロあるという大きな円盤状のゴーダチーズを仕入れて、コーティングの蠟を剝がし、ナイフで薄く削ぎながら使った。合成洗剤を避けて、ヤシ油の液体石鹼や、ぬか袋で食器を洗う。ただし、これだと、洗浄力では合成洗剤にかなわず、ヤシ油の石鹼などはタンブラーやコーヒーカップに匂いが残りやすい。だから、店が混み合い、洗い物が多い時間帯などには、なかなか厄介だという難点が残っていた。

いまでは想像さえしにくいが、こうしたエコロジカルな志向は、当時の市民社会から、ひどく危険視されがちだった。「ヒッピー」という他称にも、そうしたアヤシゲな思潮の連中、という響きが含まれていた。当時は、高度経済成長の福音を国中で信じて、戦後日本という「経済大国」が実現された時代である。原発、マイカー、インスタント食品などは、いずれも、経済成長を支える輝かしいアイコンにほかならない。ヒッピーという連中は、よりにもよってここから離脱し、成人してもネクタイを着けず、あるいはブラジャーも着けず、ジーンズにTシャツで通して、出世もめざさずにぶらぶらしている。そんな様子を見て、平和だな、と思う年長世代もいただろう。だが、目くじらを立てる人たちは、さらにずっと多そうだった。

店内の板壁に貼られた「一〇・二六　反原発デー」といったチラシなどは、だから、そうした警戒心を余計に刺激するものだったようだ。当時は、「過激派の巣窟」などという言葉づかいがあった。高度経済成長という国是に反する「非国民」たちの拠点、ということだったのだろう。制服、私服の警察官たちが、それとなく「ロシナンテ」の店内に入ってくるところにも、幾度か出くわした。（私服刑事というのは、必ずしも身分を隠して活動するわけではなく、しばしば、無線機を携行したまま店に入ってきて、コーヒーを注文し、これ見よがしに店内のあちこちを見回しながら、手帖にメモを取る。そして、帰りがけ、路上から店の外観の写真を撮って、引き上げていく。もう少ししゃがんで撮影すれば、サメとペニスの垂木も、構図に収めることができたかもしれない。）

店の電話が盗聴されているようだから、気をつけておくように、と囁《ささや》かれることも、ときどきあった。べつに聞かれてまずいようなことを話すわけではないのだが、気持ちのいいものではない。盗聴されているときには、通話音が遠くなったり近くなったりする、とか言われていた。

とはいえ、店のスタッフたちには、急進的な政治集会に熱心に参加したりするようなタイプの者はいなかった。むしろ、そういう関心は概して希薄で、音楽や詩、絵などが好きな人が多かった。あえて言うなら、彼らに共通する無政府的傾向とは、そうやって好きに生きることを放っておいてもらえる権利の擁護、というほどのものだったのではないか。

演劇や音楽公演などのポスター、チラシは、頼まれれば店内に掲げて、委託されたチケット、ミニコミなども販売していた。店内の一隅に、委託販売用の書棚を置いていて、ここに『女・エロス』というウィメンズ・リブの雑誌が加わるのも、このころだったろう。『だから体からだ——空想から科学へ』という表題のごく薄いリーフレットも同じ書棚にあって、これは、サトルさんが大工仕事の合間に自分で書いて、友人の印刷屋さんに刷ってもらったのだということだった。内容は、コンドーム、ペッサリーその他、各種避妊用具についての具体的な使用法の解説だった。頒価五〇円だったか。「空想から科学へ」という副題は、エンゲルスによる同題の社会主義入門書のタイトルから、そのまま拝借したのだ、とサトルさんは笑った。

喫茶店「ロシナンテ」では、年末、関係者とその家族らも招いて、餅つき大会が開かれた。大きな臼と杵を用意して、蒸籠《せいろ》でもち米を次々にふかし、代わりばんこに餅をついた。

そんな催しには、母も来た。もとは家族ぐるみで付き合いのあった知り合いも多く、母にとっては、懐かしい相手とひさしぶりに顔を合わせられる機会でもあったろう。母子二人きりで家で過ごしているより、彼女の表情にも若さと華やぎが戻ってくるので、息子の私もほっとする。すでに離婚した父と顔を合わせても、母は、ここでは平気な顔で、以前と同じように話していた。

ベトナム戦争の時代には、学齢前の私も、両親に伴われてベ平連のデモなどに出向いたのを覚えている。

――ほら、ここにミツオが。お父さんに肩車されてる。――

大きなデモの翌日。まだ若い母が、畳の上で、身を乗り出して、開いた新聞を見ている。デモ隊の写真のなかに、彼女は、自分たち親子三人の姿を見つけて、そこを指さす。こちらに顔を向け、母が笑う。ソバカスが頰に浮く、そのときの表情を覚えている。

中学二年生になると、週に二回、「ロシナンテ」でアルバイトに入れてもらえることになった。時給は三七〇円。ほかのスタッフたちと同一の賃金だった。朝八時から夕方四時までの「早番」と、午後四時から夜一一時までの「遅番」、それぞれが二人ずつの勤務というのが基本的なシフトである。

これに加えて、シフト上は非番の中核的なスタッフも、店が混み合う時間帯には、「助っ人」として時間単位で加勢した。彼らにとって、店は、なかばは〝家〟のような場所でもあって、普段の食事の多くもここでとっていた。だから、地域の商家と同様に、こういう無手勝流な働き方でこなしていた。

仕事上の内容としては、カウンター内で調理などを担当する「なか」の仕事と、ホールで客からの注文を受け、配膳などにあたる「そと」の仕事がある。これは、お客の混み具合などを見ながら、臨機応変に、同じシフトの二人のあいだで助けあうことになっている。

月に一度、店を夜九時で早終いにして、スタッフ全員でのミーティングがあった。オーナーのような存在は置かずに、自治的な「共同経営」で運営している。だから、皆が対等な立場で、日々の経営をめぐるアイデアや意見、反省点を出しあって、今後の方針を話しあう、ということになっていた。

一日の売上高は、もちろん大事である。けれど、毎回、さらに深刻な議論となるのは、売上に占める原価や、メニューごとの利益率の問題だった。質量ともに充実した料理や飲み物を出そうとすると、おのずと材料費が高くつき、利益率は下がる。それだと、売上が伸びても収益が残らない。これは商売のイロハだろう。だから、原価を抑えたいのだが、シロウト商売の甘さで、お客たちを目の前にしていると、つい、料理の盛りも良くなってしまう。

夜一一時まで店を開いているのだから、利潤を伸ばすには、酒類の比重を上げるのが手っ取り早い。酒は料理などに較べて、安く仕入れて、高く売る。つまり、利益率が高い。その上、客は飲み食いを重ねがちで、客単価も上がる。だから、いまは瓶ビールだけにしている酒類のメニューに、ウィスキーやワインも加えたらどうか、という意見がいつも出る。

だが、これには、躊躇する声もある。「ロシナンテ」は、もともと、米国の学生街にあるようなコーヒーショップをモデルにした。語らいや読書に適った、コーヒー一杯で集える場所としたかった。飲み物や食べ物の質にも、それなりに自負がある。でも、アルコールに売上を頼りすぎると、こうした店の雰囲気が変わってしまうのではないか。酔っぱらい相手の面倒も生じる。それに、常連客が幅を利かせすぎ、閉鎖的な雰囲気にならないか？　あれこれ心配も語られて、簡単に結論は出なくなる。

こうした議論が、一時間半ほど続く。それが終わると（結論は一部持ち越しで、打ち切られる）、全員で、店内の床のレンガ磨きに取りかかる。デッキブラシでごしごし擦って、水で流していく。掃き掃除、拭き掃除は、毎日の朝晩、けっこうしっかりやっている。だが、それだけでは、レンガの床はどんどん黒ずむ。だから、レンガの美観を保つには、こうした人手が必要になる。この機会に、ふだんは手が届かない壁や照明にも、拭き掃除を施す。

これが終わると、夜も更けている。それでも、手分けして人数分の食事を皆で作る。ぶりのアラの塩焼き、茄子のしぎ焼き、ほうれん草のおひたし、味噌汁……という程度の簡単な料理だが、仲間たち一同で顔を合わせて食べる機会が、ひとつの楽しみになっている。ビールも、めいめいのグラスに注ぎわける。ローティーンの私にも、皆と同じように注がれて、飲んでいた。

皆、住まいは、店からそれほど遠くない。だから、食事を済ませて、後片づけを終えると、夜更けの街に出て、徒歩や自転車でそれぞれ引き上げていく。

「ロシナンテ」には、一階の店舗のほか、二階もあった。そのうち、奥の半分は食材の物置やスタッフたちの私的空間に充てられていた。一方、表の道路側に面する、あと半分のスペースは、壁一面が書架で、中央に大きな木製テーブルを配し、「図書室」と呼んでいる。ここは、サークルなどの集まりや、詩の朗読会、小規模なライブ公演などにも供された。

このスペースで、一〇人ばかりの女たちが、月一度ほど、「リブ」の集まりを持っていたのを覚えている。毎月の初めごろ、日曜の午後ではなかったろうか。

最初のうち、テキストとして取り決めているらしい本などをめいめいが持ち寄り、ページを開いて、皆がそこに目を落としている。そして、一人ずつ順番に、それを読んでの感想や疑問のようなものを話しだす。けれども、やがて堅苦しい緊張は崩れ、テキストも脇のほうに押しやって、互いがいま思うことを話すという、とりとめのない話の輪に変わっていく。そして、どうやら彼女らは、こちらのほうにこそ、重きを置いているようでもあった。

「男ブタ」という言葉が、彼女たちの話し声に、しきりと混じっていたのを覚えている。くだらない男。男権論者。といった存在をののしり気味に指そうとするとき、使われていたのではないか。でも、やはり「男ブタ」のほうが、ぴたっと使いやすく、口にすることで、せいせいもしただろう。

「付き合ってみたら、彼も、やっぱり男ブタだったの！　残念」

といった話し方である。

たぶん、米国のウィメンズ・リブのなかで使われる言葉の訳語なのではないか。(ずっと後年、あれは male chauvinist pig を短く言い換えたものだろう、という話を聞いたことがある。意味からすれば、「男権主義ブタ」といったところか。)

この集まりの顔ぶれには、二〇代後半から三〇歳にかかるくらいの世代の女たちが多い。だが、一人、かなり年齢の離れた、痩せて、白髪まじりで断髪の五〇歳くらいの女性が、たいてい始まりの時間よりすこし遅れてやってきて、この話の輪に加わった。

彼女は、ほかの女たちから「サキさん」と呼ばれていた。口数は多くない。履き物は脱いでしまい、椅子の上で長めのスカートの膝を抱える。そして、きょろりとした目をあらぬ方向に向けたまま、じっと、その場の話を聞くでもないような様子で、耳を傾けていた。サキさんは、戦後まもなく、国立大学が女子にも門戸を開いたとき、京都大学に最初に入った女子学生の一人なのだそうである。だが、そういう時期の彼女のことは誰も知らない。

サキさんは、この「リブ」の集まりに加わる前の一〇年間ほど、北海道東部に単身で渡って、あちこちで一人暮らしをしながら働いていたらしい。そういう歳月を経て、つい先ごろ、京都に戻ってきたばかりなのだ、と、これは彼女自身から聞いていた。いまは、千本あたりのお寺で、掃除をしたり卒塔婆の文字を書いたり、寺女みたいな仕事をする。こうしたことで、いくらかの稼ぎを得ながら、老いた両親の面倒を見ているとのことだった。

ただし、サキさんの話し方は、自分自身の頭にいま浮かんでいることから懸命に話す、といったところがあり、順序立てた話し方ではない。

「網走に引っ越したとき、わたし、荷物が届くまで二週間かかった。仕方がないよね。用心して、当座に要りそうなものは、別にチッキで送っておいたんだけど、それも届いていなかった。だから、寒い。五月終わりの北海道って、まだね。リュックから着られるものは全部出して着て、素透しのガラス窓には風呂敷を画びょうで留めた。それでリュックのなかに足を入れて温まろうとしたけど、だめで、朝まで眠れなかった。次の日、チッキが届き、うれしかった。だけど、家財道具が届くまで、十数日間、寝袋とコッフェルで、山小屋で寝起きするように、過ごした。アパートの部屋だけど。町には知り合いがいなかったから、お茶ひとつ飲むにも、そうするしかないんだもの。

毎日、町のなかを歩くようにしていた。どこに何があるのか、そうやって自分のあたまに入れていく。駅や日通に一日一度は、荷物が届いていないか訊きにいった。新聞もね、駅の売店で買うでしょう。だから、その土地で唯一、親しさを感じられる場所が駅だった。このまま切符を買って、汽車に乗ってしまえば、外へ出られる。馴れ親しんだ世界に行ける。でも、それはしたくないと思って、わたしは道東までのこのこ行ったわけだから」

いつかサキさんが、私に向かって、そういう話を始めたのは、私自身が一人旅をする少年になっていたからだろう。寝袋を「ロシナンテ」から借り受けて、北海道を旅してきた話を私がすると、いきなり、サキさんのほうからも、そういう話を始めたのだ。

若い女の参加者たちは、彼女が定刻にやや遅れて、階段を上がって姿を現わすと、口ぐちに「サキさん」「サキさん」と声に出し、腰を浮かせる。そして、彼女を取り囲むように、席の位置を少しずつずらしていく。それは、どこか、タカラヅカの女生徒たちが、先輩のスター候補を迎える様子のようにも映った。

サキさんは、きょろりとした目で、よけいな相づちを打たずに、どれだけでも黙って、そこに座っている。だが、同感するときには、やにわに激しく相づちを打つのである。話したいことがあるときには話し、そうでないときには、また黙る。

単身で北海道に渡ろうと決心したのは、あと二年ばかりで四〇歳になろうとするころだったようだ。それまで一緒に暮らしていた男とは、別れることにした。所帯道具は、多くを捨てた。日記帖、買物メモ、写真、手紙類などは、野原に積み上げ、石油をかけて焼いた。飼っていた老犬も、自分で殺して、北海道に渡った。最初に身を落ちつけた網走で、見つけた職場は水産加工場だった。

このまま子どもを産まずに生きるのか。だったら、どんな生き方、働き方、暮らし方がありうるか？　当然、サキさんには、北海道に単身で向かうのに先だち、いろんな自問があったのではないか。けれども、そういう順番で彼女は話すわけではない。

――網走から、やがて帯広郊外に移って、農家に住み込みで働いた。そこから、さらに阿寒湖畔に移動し、アイヌ・コタンの観光土産物店などでも働いた。そうやって、北海道で一〇年余りの歳月を過ごして、たしか「ロシナンテ」が開店するころ、郷里の京都に戻ってきていた。

いまは、年少の「リブ」の女たちの輪に加わって、毎月一度は「ロシナンテ」で長い時間を過ごす。それでも、彼女は、何か質問されて答えたりするときも、話題はそのとき自分が話したいことだけなので、過去の自身の「無政府主義運動」との関わりなどをまとまった仕方で話していたとも思えない。

むしろ、年少の女たちが、サキさんに向けた憧れと羨望のまなざしは、彼女が実際に、単身、北海道で自活してきた人なのだということによっていたのではないか。著作や声明で、女としての考えを述べる人は、すでに大勢いた。だが、ただの生身で、こんなふうに思ったことを実行してきた人は、ほかにもいるわけではなかったろう。

若い女が、財布に収めた個包装をちらっと示してみせる。

「わたし、こうやって、コンドームはふだんから持ち歩くことにした」

「そうね。それくらい、女も自分でできないと」

サキさんは、きょとんと目を見開いたまま、それだけ答える。


それでも、ぎこちない。

異性と「自由に」寝るさいにも、正しい「フリーセックス」の教科書に従い、行動しているようなきらいが残る。小学校から高校まででも一二年間、長い学校生活を過ごしたことによる後遺症か？

「愛しかない、それが世界を回している」

ボブ・ディランは、放縦と悔悟を重ねて、こんな認識に達する。

「平和な家庭生活のなかに埋没していくことが、結婚の真の形とは思わない。結婚後の夫婦の恋愛も自由であるべき」

カトリーヌ・ドヌーヴは、このようにも。

つましく平和な家庭を営んでいける男女は、幸いなり。だが、めったにそうはいかないという現実も、直視しておく必要がある。

サルトルとボーヴォワールの男女関係の特異性は、彼らが互いの自由恋愛を公言したからではない。そういうケースなら、ほかにいくらもあっただろう。

むしろ、彼らの急進性は、それぞれの異性関係について「嘘」も「隠しだて」もなしで行こうぜ、と決めて、自分たち二人の結びつきの特別さに磨きをかけたことである。ほかにどれだけの男女が、このような「対等」を保てたか。

世間で「嘘」と「隠しだて」は、いっこうに解消されない。恋人たちのあいだでも、夫婦においても。

互いに対する誠実と信義の価値。それを保つためには、恋は自由である必要があった。サルトルとボーヴォワールは、長い生涯、これを取り下げずに過ごした。カトリーヌ・ドヌーヴも、また。

喫茶店「ロシナンテ」でも、「嘘」や「隠しだて」のおかげで、パートナーのアパートから追放されたり、こじれた男女関係の悩みから十円ハゲをこしらえたりが、スタッフたちのあいだで頻発した。「性革命」への道は、ここにあっても、なお厳しい。

私の場合、「ロシナンテ」にアルバイトで置いてもらえるようになると、「遅番」の日など、終業後に母親との二人暮らしの家に帰るのがうっとうしく、そのまま、店の二階で泊まり込んでしまうことも多かった。裏窓に面する三畳敷きの部屋に、せんべい布団、擦り切れた毛布を引っぱり出し、くるまって眠る。

当時の京都の冬は、ずいぶん雪が積もる日もあった。夜明けごろ、寒さに目が覚める。窓辺に置いたグラスの水に、薄く氷が張っていた。

隣接する小部屋や、「図書室」のソファなどにも、誰かしらが泊まり込んでいるときがある。朝、店先への階段を降りるには、そこを通る。パートナーのアパートから真夜中に叩きだされた男などは、合い鍵で店に入って、そのあたりで眠る。意外な組み合わせの男女が、裸の肩口や背中を見せて眠っていることもあった。こちらは、いちいち気にかけないことにして、店先への階段を降りていく。

後日、店での仕事の最中、カウンター越しに、相棒の女性スタッフが、

「こないだ、ミツオに、まずいところを見られちゃったね」

と、ぺろっと舌を出したりした。

だが、気が重くなることも起こる。

店で泊まり込んでいるとき、早朝の電話で叩き起こされることがあった。裏窓がある二階の三畳間で、電話が入るとベルだけは鳴るのだが、電話機の本体は階下にあって、そこまで降りて行かねばならない。

やっと電話機までたどり着き、受話器を取ると、

「サトル、いますか？」

と、女の暗い声が言う。

サトルさんは、私がまだ小学生のとき、京都御所の西側の路地の奥にある長屋で、パートナーの由子さんと一緒に「麻婆豆腐」を作って、初めて食べさせてくれた人である。『だから体からだ——空想から科学へ』という、人を食ったような表題の性教育リーフレットを、みずから執筆した人物でもあった。

私は、とっさに、ちょっと口ごもって、

「……いません」

と答える。なぜなら、いましがた通り抜けた二階の隣室で、見覚えのある女の子と眠っているサトルさんの姿が、ちらっと見えたからだった。

電話の声の主が、由子さんであることはわかっていた。私は、こちらからは名乗らなかった。けれど、彼女には、誰の声であるかはわかっていただろう。ただし、そんなことには、もう、関心を示すことのない声の響きだった。

店で泊まるたび、朝早い時間に、同じ女の人の暗い声の電話で起こされることが、しばらくのあいだ続いた。由子さんは、口数は少ないが、穏やかで明るい人柄で、彼女も「ロシナンテ」で働いていた。

やがて、サトルさんとの夫婦仲がうまくいかなくなり、長屋の家をサトルさんは出たらしい。

なおしばらく由子さんは「ロシナンテ」での勤務を続けたが、立って働けないほど鬱の症状が深くなり、やむなく仕事から離脱した。一度は、しばらく入院していた。いまは、病院を出て、名古屋の親元で過ごしているらしい。それでも、サトルさんとの会話を求めて、こうやって店に電話してくる。サトルさんは、それを避けていた。

嘘をもって答え、受話器を置く。そのたび私は、自分が小さな処刑人なのだと、意識した。

喫茶店「ロシナンテ」の周辺には、当時、大学がいくつもあった。だから、店の常連客には海外からの留学生も多かった。

英国から来たロバートという日本文学研究者がいた。三〇前くらいの年齢だったか。専門は、中世の能楽だったらしい。とはいえ、「ロシナンテ」の仲間は誰も日本の古典芸能についての知識など持ち合わせておらず、ロバートに対して、彼の研究分野について詳しく質問しようとする者などいなかった。彼自身は、そんなことには構わず、よく店にやって来た。下駄履きで、しかも二メートル近い長身だった。くるくるの金髪、陽気に開けっぴろげで、にぎやかな男だった。

彼は交際範囲も広かった。さまざまな相手とのやりとりをことごとに吸収し、「かんにん」「そうやあらへん」「ほんまかいな」と、ふだんから関西弁でしゃべっていた。彼はゲイだった。

店に入ってくるなり、よく私をからかって「ミツオ、きょうもかわいいなー」などと、明るい声をかけてきた。

　ひょうきん者ながら、ロバートは、「ロシナンテ」のスタッフたちには信望があった。だから、自分のグラスに水を注ぎにカウンターのなかまで入ってくる、といった程度のことは黙認されていた。下駄履きで長身の彼が流し台の前に立つと、そのお尻の位置は、私の胸の高さくらいにあった。振り向きざま、彼は片方の手のひらで、私の尻のあたりをつるんと素早く撫でて、カウンターの外に出ていく。「なにするねん」と私が言うと、あはは、と笑った。人との距離感を心得ていて、いやな感じを残さない。

　だが、性的な緊張は、思わぬところに潜んでもいる。ロバートの住まいは京阪電車の伏見稲荷駅近くで、友人の日本人夫婦とともに、古い日本家屋をシェアしていた。「ロシナンテ」からは、七キロほどの距離である。ただし、当時は、京阪電車が途中の三条駅までしか通っておらず、いまよりずっと遠い場所として感じられていた。特に、その夜は、雨で、すでにバスや電車の最終の時間も過ぎていた。だから、スタッフの冬美さんが、ロバートに、きょうはもう二階の「図書室」のソファで仮眠して、夜が明けてから家に帰ったらどうか、と勧めていたように覚えている。

　ちょうど、その夜は、スタッフの次郎さんも、これから真夜中にカレーのルーの仕込みをしよう、というところで、カウンターのなかでせわしく下ごしらえをしていた。冬美さんと次郎さんは、近くのアパートで同居するカップルである。そのころ、カレーのルーは、昼間に仕込むと隣家の老夫婦などから苦情が寄せられた。いやな匂いが物干し台の洗濯物に移るし、食事をしようとしても胸につかえてしまう、とのことだった。クミンやクローブといったクセのある香りのスパイス類が、まだ一般には使われていない時代で、そうした苦情にも、もっともなところがあった。そこで、一計を案じて、カレーのルーの仕込みは月一度にまとめて、近所の老人たちが眠っている真夜中にやってしまおう、と決めたのだった。それには、大きな浅型鍋で、大量のタマネギ、ニンニク、生姜、小麦粉などを焦げ付かないよう杓子でかき混ぜ、水分が飛ぶまで、炒めつづける必要があった。高校生時代に柔道部で鍛えた体軀の次郎さんが、この重労働を引きうけてくれていた。

その日「遅番」の勤務は、冬美さんと私だった。夜一一時で店を閉め、冬美さんは、ホールのテーブルでレジの紙幣や硬貨を数え、売上を締めていた。私は、その夜も、聖護院《しょうごいん》にある母との家に帰るのが億劫で、店の二階奥の部屋で泊まってしまおう、という腹づもりだった。日中に勤めがある母は、すでに眠っているだろう。「ロシナンテ」で夜を明かすことについては、彼女も小言は言わないようになっていた。よそで不良少年同士でつるんで警察沙汰など起こすより、まだしも安心だと感じていたのかもしれない。ただし、私としても、翌朝は早い時間のうちに家に帰って、朝食を母と取るように心がけていた。

その夜も私は、終い湯まぎわの近所の銭湯に駆け込んでから、店の二階の部屋に上がって、眠りについていた。ところが、さほど時間が経たないうちに、大きな物音が聞こえて、目が覚めた。不審に思って、暗がりを「図書室」のほうに出ていくと、階下から冬美さんが上がってきて、手探りで照明のスイッチを入れようとしているところだった。

灯りがともると、驚いた。「図書室」全体が、白い泡でいっぱいだった。消火器が床に転がっていて、そこから泡が噴き出たらしい。床の上では、長身のロバートが気を失っているのか、なかば泡に埋もれて、仰向きに伸びている。そして、部屋の隅には、次郎さんが青ざめて立っていた。

冬美さんは階段を駆け下り、氷とタオルを持って戻ってきた。それをロバートの首筋の下に差し入れる。すると、彼は意識が戻って、目を開き、無言のまま、ゆっくりと頭を左右に動かした。

棒立ちになったままの次郎さんに目を向ける。とぎれとぎれに、おぼつかない語り口だが、およそこんな説明が、彼からなされた。

――ほんの一五分くらい前。

階下でルーの仕込み中だった次郎さんは、厨房の小麦粉を切らせていることに気がついた。

二階の食品用の物置に、二五キロ入りの小麦粉袋がある。そこから取り分けてこようと、彼は大型のボウルを抱えて、二階への階段を上がってきた。「図書室」は真っ暗だったが、物置まで手探りで進み出て、そこの電灯を点ければ、用は済むはずだった。

ただし、うっかり忘れていることがあった。二階の「図書室」の暗がりには、ロバートが寝ていたのである。いや、このときロバートはソファに体を横たえていたが、まだ眠っていなかった。そこに、次郎さんらしき足音が階段を上がってきて、その影が目の前を通り過ぎようとした。だから、とっさに、ロバートはいつもの冗談のつもりで、右手を伸ばし、次郎さんのお尻を軽く撫でてみたらしい。

とたんに、「ぎゃっ」と、カエルが踏みつぶされたような悲鳴を、次郎さんの影は発した。そして、ほとんど反射的に、ロバートの右腕の手首と肩口をつかむと、一本背負いで、暗闇のなか、投げ飛ばしてしまったらしいのである。ロバートの体は上下さかさまに木の壁に打ちつけられて、その拍子で消火器が吹き飛んだ。すべては闇のなかでの出来事で、これを見ていた者はないのだが。

アジア史研究のリチャードも、英国から来た人だった。髪は少し薄かったが、二七、八歳だったのではないか。

「『ロシナンテ』の二階で、英会話教室を開かない？　ぼくが自分でテキストを作って、先生をする」

と、彼が言いだしたことがあった。

じゃあ、まずは試しに店のスタッフたちを相手にレッスンをしてみてよ、ということになり、実行力のあるリチャードは、『Radical English』という表題で、英文タイプ印刷した手製の教科書までつくってきてくれた。各章にイラストレーションも配し、立派な出来ばえである。彼は、近世アジア史の比較研究を通して、大英帝国による植民地経営を批判的に検証しようとしてきた若き歴史家である。それだけに、この世界の不合理に対して、根源的《ラディカル》な批評を加えていこうとする意欲があった。ことばは、その基礎である。だからこそ、「ロシナンテ」で英会話教室を開こう、などというアイデアが彼のなかに生じたのだろうし、手づくりの英会話のテキストにも、全篇、世間の通俗的な常識に対して、ドライなウィットを貫こうとする戦闘的な意欲がみなぎっていた。いきおい、イラストレーションなどでも、あからさまな絵柄や四文字言葉が連発されていて、少部数ながら、これを印刷、製本してくれる業者を見つけることにも、ひとかたならぬ苦労があったらしい。

私たちは週に一度、都合のつく者が「ロシナンテ」二階の「図書室」に集まり、リチャード先生の英会話教室を受講することになった。彼もゲイだった。その第一講の発音練習のコーナーは、erect（勃起する）とelect（選挙する）の違い、ということに費やされたのを覚えている。彼は、教師として、とても生まじめで、安易な妥協を寄せつけない。

中学生の私の場合、学校で習いはじめた「英語」の授業でのあぶなっかしい発音練習に加えて、放課後、「ロシナンテ」に通って、さらにずっと厳格なリチャード先生による発音指導にさらされることになった。

舌を前歯の根のあたりにしっかり当てる、とか。唇をもっとすぼめよ、とか。lとrの発音の違いについて、リチャード先生自身が率先して実演してみせる。そして、生徒たちに対しても、何度も何度もやりなおしを命じる。だから、もともと学校的なものになじめずに来ているヒッピーの男女は、「おれたち、『勃起』と『選挙』だけを英語で言えたからって、どうなんの？」と、たちまち辟易してしまった。そんな次第で、リチャードの英会話教室は、二回目、三回目と、受講者が減少をたどり、このあたりで途絶した。

あのとき、リチャードには、申し訳ないことをしてしまったと、私は後悔とともに思い出す。いまとなっては、当時より、まだしも知りえたこともあるからだ。

リチャードと同じく、大英帝国によるアジア諸地域への植民地支配に批判的な作家で、しかも、不正確な英語づかいには厳しい立場を取った人びとは、ほかにもいた。たとえばE・M・フォースター、そしてジョージ・オーウェル。彼らは、ともに、大英帝国のアジア支配を鮮明に批判した。だが、そうでありつつ、旧宗主国の言語ではあっても、現地の知識層の人びとが、正確な英語を使うべきだと考えた。なぜなら、ものごとを正確に考えるためには、正確な言語が必要だからである。その考えは、日本で「英会話教室」を開くにあたっても、「勃起」と「選挙」の違いをおろそかにしてはならないと考えるリチャードに近いところがあっただろう。リチャードにとって、ジョージ・オーウェルは両親たち、そして、E・M・フォースターは、祖父母らの世代にあたる。E・M・フォースターも、ゲイだった。彼は、あえてそれを隠すことはなく、だが、公言もしないという、プライバシーについての強固な矜持をつらぬいて生きた。リチャードは、二代後に続く世代に属する者として、さらに一歩を踏みだし、この日本で、より鮮明な言葉づかいの種を蒔きたいと思っていたのだろう。いまは、そのことがわかる。

女子留学生も、男子と変わらないほどの人数がいたように覚えている。

米国から来ていたスーザンは、長く黒い髪に「小さな恋のメロディ」のトレイシー・ハイドみたいな風貌で、母方のおばあさんが日本人だということだった。それもあってか、日本語がとてもよくできた。

彼女は、京都から大阪の大学に通っていた。そのため、阪急電車の特急を利用するのだが、車内の痴漢の多さに悩まされていた。特にボックス席の窓側に座ってしまうと、逃げだすこともできずに恐ろしいことになる、という。そこで、思い切って、ジーンズの両脚をわざと大きく開き、英字新聞を両手で拡げて読みながら乗ってみた。つまり、典型的な「ヤンキー娘」であることを誇張して見せた、ということなのだろう。

「そしたら、大丈夫だった」

安堵とともに、戸惑いの表情も浮かべ、彼女は言った。

「――この一週間続けてきたけど、誰も、わたしを触らない。よかった。でも、不気味。日本人だと思われてるあいだは、あんなだったのに」

カウンターで頬杖をつき、言っていた。

「ロシナンテ」のカウンターの隅で、女性のスタッフだけ三人ほどが顔を寄せあい、声を落として話し合っていることが、幾度かあった。一人の手には、透明なビニール袋に詰められた、漢方の生薬みたいなものが持たれている。茶色っぽく、植物の根のあたりを乾燥させたように見えるものだった。

「煎じ方は、ここに書いてある」

女たちの一人が、べつの一人に、メモ書きみたいな紙片を手渡す。

「――でも、無理はしないで。いい女医さんの医院、知っているから」

話しかけた女が、相手の肩のあたりに、手のひらで触れて言う。

そういう場面に行き会うことがあった。

あれは、何だったのか――と、いまでも思う。女たちに、それを確かめてみたことはなかった。

私が少年だったから、彼女たちは、まあいいかと声を少し落として話しつづけたのではないか。同年配の男たちが通りかかれば、口を閉ざしていたかもしれない。

大黄のような下剤に用いられる生薬には、瀉下《しゃか》作用とともに子宮収縮させるものがあるという。避妊に失敗したと思われるときに、そうした薬で堕胎を試みてみようとしたのではないか。女の体に、搔爬《そうは》などより、できるだけダメージの少ない方法を選びたいと考え、女同士で、早い段階のうちに、知識が取り交わされていたのかもしれない。

ただ、そうであるにせよ、彼女たちには、これについて相手の男と話せる機会があったのだろうか。

《私たちはもうひとつの同盟を結んだ。ふたりとも互いに嘘をつかないという以外に、互いに隠しだてはしない、という約束だった》

ボーヴォワールが、サルトルとのあいだで言い交わし、未来に向けて願っていたことは、よそにも波及するところがあっただろうか？

缶詰め中のホテルで、『脱輪家族』のシナリオ化は、なかなか手応えをもって進んでくれなかった。

○

いや、たとえそうでも、仕事は仕事である。

どうにか筋書きをこしらえて、登場人物たちに「科白《せりふ》」を割り振り、話を運ぼうとしている。だが、これだけでは、それぞれの登場人物が、棒立ちのまま、科白だけを吐き出す形になる。それを感じると、もう筆が止まって、書き進められなくなってしまう。

ホテルの部屋で、テレビを点ける。画面のなかで、ソウル五輪が開幕し、中継が始まっている。

――試合の合間に、テレビカメラは競技場の外に出て、ソウル市内の街なみを移動していく。いまでは、どこの街区も整えられて、美しい。……景福宮、市庁、鍾路、東大門、南山……。

数年前、まだ西大門には、日本の植民地時代以来の巨大な監獄施設「ソウル拘置所」の壁づたいに、面会や差し入れのために並ぶ硬い表情の人びとの列があった。学生だった私も、韓国に渡って、差し入れの列に加わったことがある。寒い日だった。いま、拘置所の機能は、すでに遠く郊外に移されていると、画面の外からアナウンサーの声は語る。日本が朝鮮全土を植民地支配下に置きはじめた時代に、この監獄施設は建造された。現在では、レンガ造りの巨大な獄舎の建築群だけが、無人のまま残っている。こんなふうに、建物のみを眺められると、これもまた美しい。

獄舎の背後に、岩山がそびえている。数年前には、岩山の頂上近くまで、貧しげな家々が貼りつくように建て込んでいた。天空を背にして見えることから、地元の人は、そこを「月の町《タルトンネ》」と、美しい名前で呼んでいた。その貧民窟も、いまは、もう消えている。

テレビの中継の声は、この拘置所跡の広大な敷地が、遠からず「独立公園」として整備・公開される予定である、と告げる。拘置所内の死刑場については、オリンピック開催に先立ち、すでに「史蹟」に指定されている、とのことである。

あれは一九八一年二月のことだったか――。一九歳の私は、金浦空港から、バスでソウル市内に入った。全土戒厳令が解かれた直後のことだった。凍てついた漢江に架かる長い橋梁を渡りきったところで、迷彩色の戦闘服の肩に銃を掛けた兵士が、歩哨に立っていた。

「光州事件」から、半年余りの時期だった。だから、どこの監獄にも、多数の政治犯、民主人士と呼ばれる人びとが押し込まれていた。そのなかには、日本から父祖の地に留学した在日韓国人の学生らも大勢いた。まだ二十数人、獄中につながれていたように覚えている。しかも、多くの罪状が、「学園浸透スパイ団事件」などと呼ばれる、捏造された無実の罪である疑いが強いものだった。

私は、ひょんなことから、韓国国内の各地に点在する監獄施設を、彼らへの差し入れなどをしながらまわる、という使命（？）を担う巡り合わせとなっていた。救援運動に日本で長くかかわってきている人たちは、韓国側の当局によるマークが厳しくなり、もう韓国入国に要するビザが発給されなくなっている。だから、パスポートがまだまっさらな君が行ってきてくれないか——と、求められてのことだった。

私は、この半島の南半部の町に点在する一〇ほどの監獄を巡ることになっていた。だが、当時は夜間外出禁止令が敷かれていて、深夜零時から早暁四時まで、家屋の外を歩くことが許されない（一九四五年夏、日本敗戦によって「解放」されて以来、夜間外出禁止令は、すでに三六年間にわたって、この国に続いていた）。それもあって、いったんソウル市内で宿を取り、翌日の早暁、旅館を出て、凍てついた道を長距離バスのターミナルに向かう。

バスの発着場は、コンクリートのたたきになっていた。乗車するバスの到着を待つうち、すぐ後ろで、ずるっ、ずるっと、何かが重く地面をこする音がした。振り向くと、上半身だけの男が、魚のトロ箱のようなものに乗り、低い位置から、物乞いの手を差し出していた。男には、両脚がない。だから、両方の手のひらで冷たい路面を後方へ押しやりながら、ずるっ、ずるっと、自分の体を載せたトロ箱を前方に滑らせる。両手は、ボロ布を縛って、ミトン状にくるんでいた。

そういう男たちが、ほかの町のバスターミナルにも、一人ならずいた。彼らは皆、もう青年期を過ぎ、中年と呼ぶべき年齢に見えた。薄汚れたジャンパーを着て、表情に乏しかった。

地雷ではないか――と、だんだん私は感じはじめた。ベトナムの戦野に埋設された地雷が、若い兵士だった彼らの両脚を吹き飛ばしたのではないだろうか？　男たちが皆、中年に差しかかる年齢であることも、それを証しだてるように思われた。

朴正煕による軍事政権は、一九六〇年代なかば以来、「漢江の奇跡」と呼ばれる開発独裁型の経済成長を遂げながら、これを支える外貨獲得手段として、米国によるベトナム戦争の支援に、韓国軍兵士を派兵した。いわば、レンタルの援軍である。その数は、北爆が始まる一九六五年から足かけ八年のうちに、累計で三〇万人以上に及ぶ。この時期に徴兵年齢となる若者たちだから、日本の戦後のベビーブーマー、つまり「全共闘世代」とも称した若月マヤさんやヒッピーたちと同じ世代である。

幼いころ、私は近所の神社の節分祭などで、「傷痍軍人」と呼ばれる人びとが、白い装束で夜の参道に土下座して物乞いする姿が、恐かった。彼らは、義足で松葉杖を突き、また、眼帯を付けてアコーディオンを弾く人もいた。あれは、「大東亜戦争」と呼ばれる中国や南方の戦地で、負傷した人びとだったのだろう。損傷した我が身の姿を晒《さら》すことには、「高度経済成長」の世間が自分たちを忘れていくことへの抗議と恨みが含まれていた。子どもながらに抱いた恐怖は、それを感じたからではないか。けれど、彼らの姿も、一九七〇年代なかばまでには日本から消えていた。

若月マヤさんと一緒に、雑誌での「少女映画」特集のために、映画化された「ガラスの動物園」を試写会で観たことがあった。ただし、思えば主人公ローラは、もう二〇歳をいくつも越えていて、「少女」と呼べる年齢ではない。

にもかかわらず、なぜ、この映画に「少女映画」の印象が付いてまわるかというと、原作をなすテネシー・ウィリアムズの戯曲自体が、回想の物語だからである。主人公のローラは、内気なあまり、少女時代のハイスクールでの思い出などに閉じこもったまま生きている。語り手のトムも、この家を捨てて出てきたはずなのに、なおも姉ローラのことを忘れ去ることができずに、ここでの「物語」を回想して語る、という構造になっている。

――その物語の芯となるのは、母に命じられてトムが夕食に誘った同僚が、ローラにとってハイスクール時代に憧れた少年（いまは青年）のジムだったという、ささやかな僥倖である。母アマンダの懸命の努力の甲斐あって、ローラとジムはハイスクール時代の思い出をきっかけに、その夜、次第に親しく言葉を交わしはじめる。

そして、ついに、ジムは、ローラの唇に、やさしく控え目なキスをする。だが、次の瞬間、ジムの心を後悔と反省が襲う。

「悪いことをしてしまった——とんでもないことを」

さらに、彼は、ローラに告げる。

「きみの電話番号を書きとめておいて、いずれ電話するよとは言えないんだ。来週電話して——デートを申し込むわけにはいかないんだ」

とうとうジムは、自分には婚約者がいて、もうすぐ結婚することになっている、とまで、駄目押しの告白をする。

つまり、ジムは「嘘」をつかず、「隠しだて」もしなかった。ただし、これは一九四〇年代、控えめでやさしいキスが、まだ特別な価値を持っていたころに書かれた戯曲である。「性革命」を経た時代なら、母アマンダは、また、当のローラは、これ以後の人生をどのように生きようとしただろうか?

『脱輪家族』のシナリオは、まだ、仕上げることができずにいた。ただし、シナリオライターの立場としては、取るべき方向は、おのずと明らかになりつつあるのではないかとも思われた。

「私」「オロンゴ鳥人」「トラ太郎」、あるいは「近代的女性の常道」と決めつけられる「トラ太郎の母親」にしても、そうだろう。彼らの存在を縛り上げている、ぎこちない概念語を、もっと日常的な言葉づかいへと因数分解していく必要がある。
「ロシナンテ」に集まるヒッピーたちも、ぎこちない「性革命」を過ごしていた。とはいえ、彼らは、それぞれ、生身のからだを備えて生きていた。これらが、さらに日常の暮らしに解きほぐされていけば、そこでの「性革命」はどこへ行くのか。あるいは、それらも、溶けてなくなってしまうのか？

九月一九日の深夜。ソウル・オリンピックの報道に重なって、テレビの画面のなかで、高齢の天皇（昭和天皇）の容態が急変した模様である、とのテロップが流れた。天皇が吐血したこと、さらに、下血、発熱もあって、輸血が続けられていることなど、翌日、翌々日と、詳報が続いた。未明の時間帯のテレビ画面は、宮内庁庁舎や二重橋の画像が、じっと映し出されている状態へと移っていた。そのようにして、「昭和」の時代が終わりへと向かっていく。

性的自立。
性の解放。

性革命。

性をめぐる自己決定権。

いくつもの言葉があった。だが、それらがいったい何を意味していたのか、いまも正確に指させる人はいないのではないか。

せいぜい、自分は、それに触れる空気のなかで、どんなことを考えたりしていたのか、さかのぼって思いだしてみることができるだけだ。

街は、姿を変えていく。郷里の京都も、この東京も。

京都では、大学が郊外に移転し、地下鉄線も開業して、街のなかでの人の流れは、大きく変わった。こうした変化に見舞われれば、同じ街路の一角にへばりついているだけの喫茶店など、一撃のもとに潰えていく。

若者の気風も、急速に変わった。「ロシナンテ」が開業したころ、彼らは、見知らぬ者同士の相席など気にかけず、四人掛けのテーブルにぎっしりと詰めあって座っていた。それで平気。というより、そこから他者との出会いやつながりが生じることを期待して、彼らはそうやって座っていたのではないか。だが、もう、いまでは、そんな店など、誰も知らない。

私自身、高校を卒業すると、「ロシナンテ」に立ち寄ろうとすることもなくなった。もっと違う世界のほうへと、目が移っていたからだろう。地元の京都の大学を卒業し、そろそろ母から離れて東京で暮らしてみようと、この街に移ってきたのが、一九八四年。そのころ、風の便りで、あの「ロシナンテ」が、二年ほど前に店を閉じたらしいということを耳にした。

そうなのか。

それさえ知ることなく、その時期、京都という同じ街で暮らしていたということに、足もとを踏み外したような衝撃を受けた。私の関心は、あんなに世話になった場所から、それほど遠く隔たってしまっていたということか。

フランツ・カフカは、人間とは「血の詰まった袋」なのではないかと感じることがあった。彼は四〇歳で没する。だが、いずれ、人は「あちこちから液漏れする袋」に変わっていく。自分のからだがほころびていくあいだ、カフカがそれを意識していなかったとは思えない。

ジョニ・ミッチェルは、一九四三年、カナダ・アルバータ州の小さな町で生まれた。父は軍隊を退いて食料雑貨店を営み、母は元教師の専業主婦。その一人娘だった。二一歳になる年、同じ大学の男子学生とのあいだの子どもを妊娠。当時のカナダで未婚の妊娠はただならぬスキャンダルで、彼女はトロントでフォーク歌手になるつもりだと母親に話して、郷里を離れる。子どもの父親であるはずの男子学生も同行したが、結局、彼は逃げだし、妊娠中の彼女は、冬を目前に、寒々しい屋根裏部屋に置き去りにされた。六五年二月に女児を出産。けれど、育てきれずに、里親に託す形で、彼女を手放した。アルバム「ブルー」中の「リトル・グリーン」は、この娘のことを歌っている。

のちにジョニ・ミッチェルは、自身のソングライティングのインスピレーションは、この娘の誕生と、彼女との別離に始まるものだったと述べている。娘との再会を果たすのは、一九九七年。これによって、ソングライティングへの動機はもう失った、と語る。だが、やがて彼女は活動を再開し、さらにしばらくのあいだ、音楽を続けた。

彼女のことを知っている。

そんな気配が、ときどき、胸をよぎることがある。

だが、ここには、誰もいない。丘の上を移る雲の影のように、それを感じているだけだ。

ただ、あのとき私は、缶詰め中のホテルを抜けだし、アスファルトが発する夕暮れの余熱にまといつかれながら、新宿のはずれの雑踏を歩いていったということだけを覚えている。

ii　海辺のキャンプ

三浦半島の先端近く、相模湾に面する初声《はっせ》漁港のあたりに三戸《みと》という集落がある。娘のマキと連れだって、そこまで短い旅をしたのは、二〇一九年の四月下旬に差しかかるころだった。

その春、彼女は地元・鎌倉の高校を卒業し、都内の大学に通いはじめていた。ところが、朝食のテーブルで、

「一人でキャンプに行きたい。母《ハハ》の軽自動車、二泊三日、貸してくれないかな」

と、いきなり言いだしたのがきっかけだった。

普段は、インドア一辺倒の娘である。小学生のころから、近所を散歩しようと誘っても、タブレットでアニメを見るのに夢中で、応じなかった。中学・高校と進んでからも、友人たちと由比ケ浜あたりに泳ぎに出ることさえ、ほとんどなかったのではないか。

「なんだよ、急に。マキがキャンプとは。いっしょに行ってくれる友だちがいないなら、おれが付きあおうか？　母も行きたいかな？　いっそ、親子三人で行ってみてもいい」

冷やかし半分に提案すると、トーストを頬張ったまま、マキは斥けた。

「そうじゃない。一人で行きたい」

食べるのが好きで、小学生のうちから台所に立ち、料理や菓子を作りたがった。それからも、もりもり食べて、いまは身長一七〇センチに近く、背丈は私とほとんど違わない。多めの髪を肩の下まで伸ばして束ね、眉や睫毛《まつげ》は濃い。まだ四月だが、タンクトップに短パンで朝食のテーブルについている。

だからといって、いまどき、一八、九の娘が単独で野宿をして、安全だとは言えないだろう。

「だいたい、おまえ、テントなんか張ったことあるの？」

と訊いてみた。

「ない」

と答える。

「食べものは、どうする？」

「初めてだから、最小限で。お湯沸かして、レトルトのカレーとご飯とかでいいかなと」

要するに、自分ひとりでテントを張って、寝袋で眠り、景色を眺め、お茶でも淹れて深呼吸をしてきたい、ということだろうか。

「だめ」母親は、エプロンを投げ捨て、椅子に腰を下ろして、にべもない。「強姦殺人された自分の娘のニュースなんか見るのは、わたし、いやだからね。クルマだって、免許取りたてなんだから、危ない。事故るよ。それに、わたしも使うし」

「それならさ……」

父《チチ》としては、つい、妥協案を求めてしまう。

「――今週末、おれは出版社の保養所『砂浜荘』で二泊ばかりお世話になって、原稿を片づけてくることになっている。三浦半島、駅でいえば三崎口のあたりだ。ほら、マキも小学生の夏休みのとき、母と一緒に来たことがあったろう。覚えていないか？」

「ああ……、海べりで、トイレが和式の？」

「うん。あれは、いまだに、そうなんだ」

思いだすと、頰が緩んだ。

「――古い施設で、おんぼろになっているから、利用する社員は少ない。でも、そのぶん、落ちついて仕事はしやすい。いつも使わせてもらってる二階の部屋は、窓の外にすぐ海も見えて、おれは好きなんだ。

おまえもいっしょに来て、近くの浜でテントを張ったら、どうだ？　おれは『砂浜荘』でメシも宿泊も世話になるけど、お前はキャンプ。不安なことがあったら、電話してきたらいい。ときどきは、こっちからもテントまで出向いて、安否確認をしてやるよ。

あのあたりは、釣り客たちも使う公衆トイレが、何カ所かある。キャンプするにも、便利じゃないかな」

「だめよ」

妻のキミコはただちに断言。

「――ぐさっと、ナイフで刺されでもしたら、おしまいなんだからね」

たしかに。だが、娘にもやりたいことがある。だったら、相対的な安全策を模索するしかないのでは？

一方、マキ当人は、

「父の案、それならいいかな」

と、あっさり受け入れそうな素振りを見せる。

「まだ寒いよ。海辺でキャンプなんかするのは」

と、母。

「今週後半から、いい天気が続いて、気温も一気に上がるって。だいじょうぶだよ。寒くない格好をして、カイロも持ってく」

と、マキ。

「マキが近い場所でキャンプするなら、『砂浜荘』の窓からだって見えるかもしれないな……」

私は助け舟も出しながら、母と娘のあいだに、なんとか妥協を取り付ける。それにしても、大学に入学した途端、一人でキャンプとは？　私にだって、釈然としない気持ちは残る。

話が決まると、マキは駅前のアウトドアグッズの店に出かけ、……テント、寝袋、バーナーと燃料缶、ランタン、焚き火台……といった、最低限のキャンプ用品をできるだけ安上がりに買いそろえた。


週末、マキと私は、午前のうちに家を出て、鎌倉駅からＪＲ、京急電鉄、さらに三崎口駅からタクシーに乗り継ぎ、およそ一時間半の道のりで、三戸の浜辺までやってきた。彼女は、山吹色のニットキャップに、深緑で厚手のパーカ、トレッキングパンツという出立ちで、キャンプ用品一式を詰め込んだリュックサックを背負う。それとはべつに、小型で折り畳み式の焚き火台と椅子は、ビニール製のバッグに入れ、手で提げている。私のほうは、シャツ、ジャケット、チノパンで、ボストンバッグ一つ、という出立ちである。

「砂浜荘」から道ひとつをはさんだ浜に出て、二人で海岸線を見渡した。テント設営に適する場所に、見当をつけておこうとしたのである。海は、西に向かって開けている。青空が広がり、ヨットの白いマストが海面に散らしたように浮いていた。手のひらをかざし、陽射しをよけながら、マキは目を凝らす。

右手に取ると、浜は北に向かって、遠く〝黒崎の鼻〟へと続いている。笹に覆われた高台が、だんだんに高さを減じながら岩場へと移り、さらに、黒っぽい岩礁の磯に変わって、海のほうへと突き出ていく。そこに、白く波が打ちつけている様子が望まれる。

左手に取ると、浜は南に向かって、初声漁港の入り江に続いていく。船溜まりの向こう岸から、白いコンクリートの防波堤が張り出している。堤の上には、ほぼ等間隔に一〇人ばかりの人影が見える。皆、外海の側に向かって、釣り竿をかざしているようだ。

防波堤が陸と接する付け根のあたりは、広葉樹の雑木に覆われた小山をなしていて、外海のほうへと、さらに、せり出していく。

「四年前だったな」

私は言った。

「——盆明けの八月一六日の早朝、あの港の手前の浜で、地元の人たちが藁で精霊舟を編み上げて、笹や短冊で飾りつけ、海に送り出すのを見たことがある。若者たちが七、八人、海に入って、ロープで舟を引っぱりながら泳いでいった」

「どこに？」

「あそこを回り込んでいく」

入り江の向こう側、小山が海に没する、岬のあたりを私は指さした。波が陽光を映し、精霊舟の航跡を示すように、縞模様をなしながら寄せている。

「そして、若者たちだけが、また泳いで戻ってきた」

くすんと、マキは笑った。

「舟はどうしたの？」

「海で放して、むかしは、そのまま流れるに任せたんだろう。藁の舟を笹や紙で飾っただけのものだから。焼き払ったり、重しを付けて海に沈めてしまう地方もある。でも、いまは、海洋汚染の問題をやかましく言うからね、あとで漁船が回収に行ったんじゃないかな」

「何のために、そういうことをするの？　精霊舟って」

「お盆のあいだは、ご先祖さまの魂が、この世に戻ってきて子孫と過ごす。お盆がすんだら、この精霊をあの世に送り返す。そのための舟っていうことなんだろう」

マキは、その航跡を追うように目をしかめる。

あの行事を浜辺で見たとき、私には、胸を打たれるところがあった。直前に、年少の身近な友人を亡くしていたからでもあったろう。以前に増して、そうしたことが心に堪《こた》える年齢に差しかかっていた。

　このときのことが印象に残って、翌年も、私は、お盆の時期に仕事の都合を合わせ、また「砂浜荘」で世話になることにした。到着したのは、精霊舟の行事の前日、八月一五日の昼過ぎだった。

「あしたの精霊舟は、何時ごろから準備が始まるのでしょうか？」

　前年の精霊舟では、当日の八月一六日朝六時ごろに港近くの浜に出向くと、すでに舟のしつらえがあらかた終わっていた。だから、今年は、藁束で舟をつくるところから見ておきたい。

――そう思って、「砂浜荘」の管理人・五十嵐さんに尋ねたのだ。

「え、精霊舟を目当てに、おいでになったんですか？　だったら、残念ですけど……」白い厨房着に痩身、白髪の五十嵐さんは、目もとを少し曇らせて、答えた。「地元じゃ、もう、若い人手が集まらないんだそうです。だから、今年は精霊舟を中止にする、と。一回あきらめちゃうと、もう再開は難しいんじゃないでしょうか。……もったいないですよね」

「そうなのか」

　マキは、つぶやく。そして、目を細め、入り江の対岸、小山の蔭から防波堤が海に張り出すあたりを見つめている。

　彼女は、指さす。

「――父。あのへん、山蔭の奥まったところまで、砂浜が続いているように見えるよね。わたし、あのあたりで、テントを設営する場所を探してみるよ。だから、もう、父はこれから砂浜荘で仕事して、夕食前にでも、一度様子を見に来て。いっしょにお茶でも飲めるようにしておくから」

「それはいいけど」設営地点をめざして歩きはじめそうな娘の様子に、こちらがたじろいだ。

「おまえ、……だいじょうぶかな」

「だいじょうぶだよ。何かあったら、スマホですぐに連絡するから」

「うん。だけど、テント張って、煮炊きするくらいなら、わざわざ、入り江の向こうまで行かなくても、ここの浜でもできるぞ。それなら、おれの仕事部屋の窓から、いつでも見ていられる」

「落ちつかないよ、それじゃあ。見張り塔の下でキャンプするみたいで」砂浜荘の二階の窓のほうを見上げて、マキは笑った。「わたしにもプライドが」

四〇歳まぎわで、初めて得たわが子である。それもあり、こちらが、子離れできずにいるのだろうか？

「まあ、それもそうか」

説得された気になり、引き下がる。

砂浜荘では、二階に仕事部屋と寝室、二間つづきで提供してもらっている。家族連れで海水浴に来る社員たちでにぎわう夏場を除けば、この施設で相客とぶつかることはあまりない。きょうも利用客は私だけのようで、がらんとした食堂で、管理人の五十嵐夫妻が昼食に用意してくれたカレーライスを食べた。部屋に引き上げると、とにかく仕事を始める。

締切りが迫っているのは、二〇代のころの仕事についての回想記である。

――一九八八年のことだったか。

私は二〇代後半で、知り合いの映画プロデューサーから、シナリオ書きの仕事に誘われた。原作は、若月マヤ『脱輪家族』という、ポップアート系の女性画家による自伝的なエッセイだった。これをもとに、自由な脚色を施すことで、現代的な「家族」のありかたを示す映画作品にしたいという。

戦後のベビーブーマー、一九四八年生まれの若月マヤさんは、フェミニズムを信条とする人で、私もいくらか面識があった。だが、『脱輪家族』という著書は、いざ読んでみると、生硬な言葉が多く、使い方もこなれていない。だから、描かれる登場人物たちの人間像まで、薄っぺらなままで終始してしまうという不満が、私に残った。

シナリオは、場面と「科白」を通して、それぞれの人間像を描く。これが、映画という物語世界の設計図となる。だから、このまま、原作本の『脱輪家族』に基づいてシナリオを書くのは、無理なように感じた。

　とはいえ、稼ぎに窮している私としては、なんとか、このシナリオは、初稿だけでも書き上げておきたい事情があった。シナリオ執筆料一〇〇万円のうち、半金の五〇万円は初稿をプロデューサーに渡した時点で支払われる約束だった。映画製作というものは、資金調達に失敗した場合など、いつ立ち消えになってしまうか、わからない。この仕事を持ちかけられた時点で、私には、そのことへの不安が先に立っていた。だからこそ、初稿で半金が支払われることをプロデューサーの口から確かめた上で、初めて、この仕事を引き受けたのだ。つまり、初稿を仕上げさえすれば、五〇万円が入ってくる。それを支えに、原作から少しばかり離れたものになっても気にかけないことにして、この年九月、新宿・歌舞伎町のはずれの陰気なホテルでシナリオ書きの仕事にしがみついていた。

　その九月終わり近くに、どうにか「脱輪家族」の初稿シナリオを書き上げた。ホテルの部屋から、西新宿にある映画製作会社に電話すると、高木遼一プロデューサーは「わかった、いまから行きます」と、やや嗄《か》れた声で言い、それから三〇分ほどのうちに、ホテルの部屋に現われた。

　彼は、白髪混じりの短髪、小肥りな体にチノパン、ポロシャツ、サファリジャケットという出立ちで、いつものように、立ったまま、机の上の二百字詰め原稿用紙の束を片手でめくっていく。

「ふんふん……」

ときおり鼻先でうなずく。

ついに読み終えると、

「――ごくろうさま、じゃあ、これ……」

と、原稿用紙の束を素早く二つ折りにするように丸めて、サファリジャケットの内ポケットに収めてしまった。

「あ、五〇万円。いま、いただけますよね」

とっさのことに、私は、なんとか、それだけ言った。

「いや……とにかく、いまは事務所から直行してきただけだから。あとで振り込むなり、します。また電話ください」

いつもよりいくらか他人行儀な言葉づかいで、それだけ言い残し、さっと身を翻して部屋の外に出て、ドアを閉め、彼は姿を消してしまった。

○

午後三時過ぎ、仕事部屋の窓の外では、海原が光っていた。

私は誘い出されるように机の前から立ち上がり、浜へと出てしまう。左手の入り江の向こうは、防波堤がじゃまをして、マキがテントを設営している場所のあたりは見通せない。まだ、彼女を訪ねていくには早いだろう。

反対の方向、浜辺を右手に取り、歩きだす。遠く、海原に向かって突き出す〝黒崎の鼻〟の岩場が見える。

一〇分余り歩くと、砂浜は、隆起した黒っぽい岩場が続く磯へと変わっていく。内陸側は、海蝕台地が切り立って、笹や低木の緑が覆う。崖は、ところどころに大きな洞穴が口を開けている。戦争中、軍の舟艇なども、このあたりの洞穴に隠されていた、と聞いたことがある。さらにずっと深くまで地下壕が掘られて、洞窟陣地に転用されていた場所もあるという。

磯の岩場に、潮溜まりが、あちこち残っている。満ち潮が岩場を浸し、やがて潮が引いていく。点々と、そこに潮溜まりが現われる。岩から岩へと、小さく跳び移るようにして、進んでいく。突端近くに、初老の女性が一人、立っている。岩場のずっと下のほうに、波が打ち寄せる。そうした高い場所から、岩場のあいだに深く切り込む海面をじっと彼女は見下ろしている。ずんぐりと小柄な体つきで、つば付きの帽子をかぶり、黄色いウインドブレーカーのジッパーを首元まで上げ、黒いゴム長靴を履いている。私も近づき、彼女と数メートル離れた場所から、同じ海面を見下ろした。

水面下の岩場に、海藻が揺れている。びっしりと岩を覆い、えび茶を帯びた緑色で、ローズマリーの枝葉のような形状に見える。

「あれは、ヒジキですか？」

黄色いウインドブレーカーの婦人に、私は声をかけ、尋ねた。

彼女は、顔を上げる。いま初めて、自分のほかにも、ここに人がいることに気づいた――という表情が浮かぶ。

「……そう、ヒジキ」やっと、彼女は声に出す。「このごろは、海水の温度が、前よりも二度ほども高くなってて、育ちが悪い。これから、漁が始まるんだけど」

「ヒジキ漁、ですか？」

「うん。あしたから、四日間。

うちも、前は採ってたんだ。だけど、ヒジキはあとの手間が大変だから、やめたの。量も採れないし」

ちょっと鼻を鳴らして、彼女は苦笑する。

「――だけど、つい、今年の育ちが気になって、見に来たの」

「漁期中も、ぼくみたいな他所者は、採っちゃいけないんですか？」

念のため、確かめた。

「うん。漁協の組合員じゃないと」

答えてから、ははは、と、彼女は笑った。

その場で、しばらく、ヒジキ漁に加わっていたころのことなど、話を聞いていた。

収穫したヒジキは、朝からおよそ八時間、夕方までドラム缶で煮つづける。それを天日干しして、ピンセットでゴミなどを取り除いてから、袋詰めして業者に渡していた。

平年だと、ひと足早く、二月中旬あたりがワカメの漁期となる。だが、今年はワカメも育ちが悪く、三月なかばまで、漁期を見合わせていたという。海の水温が高いと、ワカメはそのまま海に溶けてしまう。だから、このごろワカメの収量も、ひどく落ちている。

海草のスガモの育ちも悪い。このあたりの海のウニやサザエは、スガモを食べて育っている。だから、ウニやサザエも獲れなくなった。獲ってみても、ウニは中身がすかすかで、食べられる身（生殖巣）がついていない。やむなく、こうしたウニやサザエを、生け簀でキャベツを餌にして育ててから、出荷するようになった。ここはキャベツの産地でもあるので、クズ野菜は地元で調達できるという。

漁師のおかみさんと別れて、一人でまた岩場を跳び移り、砂浜荘の前の浜へと戻ってきた。

――二〇代のころ、映画、音楽、美術といったジャンルのフリーライターとして過ごした。初めて著書を刊行したのは、二七歳になる年のこと。『加速と停滞』との表題で、これらの分野に素材を求めた同時代批評といった趣の論集だった。「本が売れない」と言われだしてから、すでにかなりの時日が過ぎていた。それでも、無名のライターに、こうした企画を持ちかけてくれる大手書店の編集者がいた点では、いまから見ればずいぶん鷹揚な時代だった。顔見知りの映画プロデューサーに過ぎなかった高木遼一さんが、シナリオを書いてみないか、と声をかけてくれたのも、これを読んだ上でのことだったらしい。その点では、私自身も、貧乏なりにバブル景気の恩恵を受けていた。というより、そんな稼業で暮らしていけたこと自体が、高度経済成長の延長線上の時代だったことを証し立てるというべきか。

私は、当時、東京近郊の安アパートで暮らしていた。

一九七〇年代前半のように「性の解放」などというスローガンは、もう、わざわざ誰も口にはしない時代になっていた。

それより、一九八〇年代後半は「男女雇用機会均等法」（一九八六年施行）の時代であり、また、「労働者派遣法」（同年施行）の時代でもあった。国鉄が解体されて民営化を遂げ、これによって組織労働者の時代は終わり、ばらばらに切り売りされる男女の労働力が、好景気のなかを浮遊する時代に入っていく。服飾業界、雑誌・各種メディアの業界は、夜を徹して稼働を続け、マンションアパレルと呼ばれる小規模な服飾メーカーが路地裏に点在する原宿あたりは、終夜営業の美容院が何軒も繁盛していた。ウォーターフロントと呼ばれる臨海地区などに巨大ディスコが展開していく。「性」の解放は、すでに、そのように風俗化した現実として、都市そのものの姿で、そこにあった。私たちは、こうした都市の腹のなかに呑み込まれて生きていた。ただし、サルトル、ボーヴォワールの時代のようには、もう誰も、「嘘をつかない」とか「互いに隠しだてはしない」などといった誓いは述べなかった。テレビや雑誌などでの流行のキーワードは、むしろ「不倫」だった。

フィリピンで、黄色をシンボルカラーとするピープルパワー革命が、独裁者マルコスを打倒して、コラソン・アキノを大統領に就任させたのが、一九八六年。中国の天安門広場で、民主化を求める学生たちの動きが戦車と銃弾で押しつぶされた事件が、一九八九年六月。東西対立の冷戦体制を象徴していた、ベルリンの壁が崩れ去るのが、同年一一月。ソ連邦が解体するのは、一九九一年一二月だった。

革命、反革命、カタストロフがある。だが、その先に希望を見るか、悲観、絶望と無関心に帰結するか――。これを分けているのは、結局、それらの報道に各人が接するときの、社会の景気次第なのではないか。私は、時を重ねるにつれ、そのように思うようになった。ただ、表立っては、誰も、そうは言わない。景気が良いあいだは、多幸症《ユーフォリア》の空気に取り巻かれ、世界全体が希望に裏打ちされているように見える。不景気に沈む日本では、あえて「希望」を語ろうとする者など、罵詈と汚名を浴びせかけられ、叩きのめされていく。

○

夕刻、五時を過ぎたころ。太陽は、海の上に、赤みを増してかかっている。それを右手に見ながら、初声漁港の入り江を回りこむように歩いていった。防波堤の付け根を乗り越え、マキがキャンプしているはずの場所をめざした。

防波堤の少し先、波打ちぎわから離れた木陰の砂地に、マキはテントを張っていた。折りたたみ椅子に腰掛け、拾い集めてきたらしい木屑を焚き火台にくべ、小型のポットに湯を沸かしている。

「来たね、すぐわかった？」

煙たげに目をしかめ、少し照れたように彼女は微笑した。

「うん。ここくらいしか、テント張れそうな場所はないもの」

私も、近くの切り株に腰を下ろした。

「――昼は、何か食ったか？」

「うん。クロワッサンとアンパン。それと、ミルク。朝、コンビニで買っておいたから。軟弱だよね」

にやっと笑う。そして、携帯用のカップ二つに、インスタントコーヒーの粉末を入れ、彼女は湯を注ぐ。

「ちゃんと設営はできてるな」

「テントに一人でフレームを通すのが、難しかった。あと、ペグを打つのも。地面が砂だから、すぐにすぽっと抜けちゃって、あせった」

「何事も経験だから。次には、もっと要領よくできるさ」

「うん」

「トイレは？」

「あそこの公衆トイレを使わせてもらった」

港への進入口、それらしいコンクリートの建物あたりを彼女は指さす。

「――きれいにしてある。顔も洗えそう」

「今度来るときは、ボーイフレンドと来な」

「え？」驚いた表情のあと、きつい目になり、マキは言い返す。「なんで、そんなこと言うわけ？」

「心配してるんだよ。おれなりに」

「何を」

「いまの若い世代のことは、おれにはわからない。こんな稼業だから、付き合いも少ない。でも、若者同士が、互いに好きあって、付き合ったり、別れたりしながら過ごしていくのは自然なことじゃないかと、おれは思う。自分がそうだったからね。それは、いいんだ。ただ、おまえは、交際相手から大切に扱われてほしい。人間として。いまみたいな時代、それが心配なんだ。こっちが歳を取ったということかもしれないが」

「なんだよ、急に」焚き火台に、ぱらぱらと木屑をくべ、頬を少し膨らませて、マキがつぶやく。「父ったら」

そして、火のほうを見つめる。

「要するに、エッチなことは賛成だ。全般に」

そう口にすると、私は自分で笑いがこみ上げた。

「——平和だからな。好きあった同士で、そうしていれば」

「そうかな」

「そうであってほしいもんだ。

でも、いまは、余計なものが、そこに混じり込んでくるからな」

「余計なもの？」

「おれはさ、エッチは好きなんだ。でも、そのエッチが、わりに保守的なんだよ」

マキは、小さく笑った。

「——'boy-meets-girl' っていう言葉があるね。〝お定まりの恋物語〟くらいの言い回しだろう。ただし、それにしたって、まずは少年が街に出るなりして、一人の少女に出会わなければ、物語というのは始まりようがない。少年と少女は、互いに他者で、べつべつに生きている。世間という舞台で、その二人が、たまたま出くわす。そこから、一つの物語は始まる、ということになるわけだから。

でも、少年というのは、そうやって本物の少女と出会うまでには、当分のあいだ、空想の性的関係を過ごすしかない。おれたちの時代だったら、裸の女の子の写真が載ってる雑誌を手に入れるためには、本屋に出かけていくことが必要だった。ポルノ映画を観たけりゃ、盛り場の映画館まで行く。つまり、生身の女の子と出会うときと同様、ファンタジーのなかの女の子を手に入れるためにも、それなりの社会行動が伴っていたわけだ。

でも、いまは、どこにも出かけず、タブレット一つで、ＡＶっていうのかな？　ありとあらゆるアダルト・ビデオの映像が手に入れられるようになっているんだろうと思う。こういう時代の男の子たちの心にも、セックスというのは〝他者〟との関係なんだという自覚は育つんだろうか？

これは、おまえにも訊いてみたい。おれは、どうも、心もとないように感じている。そこが心配なんだ。こんな時代の男たちと、おまえがこれからどうやって付き合っていくことになるのかと思うと、おれは、なんだか、相当、不安になってくるわけ」

「父。きょうは、ちょっと変。キモい」

「こっちは、もうジジイだから。そこを全開にして、言うだけは言っときたいんだよ」

「うん」

マキは、鼻をこすって、また苦笑する。

「こういうのは、好き嫌いの問題だろう。だから、若い男をつかまえて、ＡＶなんか観るべきじゃないって、お説教したいわけでもない。でも、おれはおれで行かせてもらう、ということだ。めいめいの好き嫌いが尊重される社会のほうが、呼吸はしやすいだろうと思うよ。

昔は、雑誌がよく売れた。テレビの業界も、いまとはずいぶん違っていた。だから、旅の取材の仕事がよくあった。たとえば、沖縄で民謡、つまり、島歌だね。その唄い手の老人たちの話を聞きに、あちこちを訪ねてまわる。あるいは、基地の問題の現場をまわって、話を聞くこともある。テレビの仕事だと、レポート役のおれ一人じゃなくて、ディレクターもカメラマンも音声も、いっしょに旅をすることになる。長期の旅になると、一人旅より、これがくたびれる。それぞれの仕事上の役割も違えば、人間としての個性も違う。なんとか、互いに折り合いをつけながら、旅を続けなくちゃならない。それでも、どうにか仕事を終えて、最後は那覇に戻ってくる。

そこまで来れば、もうひと晩、ホテルで泊まって、あしたはいよいよ飛行機で東京に帰れる。その晩には、皆でいっしょに食事するだろう。酒もいくらか飲む。雑誌の仕事なら、一行中には、女性の編集者がいるときもある。だけど、そのころのテレビの仕事は、男ばっかりでの旅ということが多い。メシを食い終えたら、さあ、これからどこに行こうか、という話になる。おれだったら、何か音楽が聴ける店に行くか、静かなバーでもいいな、と思う。でも、カメラマンは、やっぱり自分は女っけのある店がいい、と言う。それは、それでわかる。男同士で、さんざん諍《いさか》いあったりしながら旅をしてきているから。ディレクターあたりは、昔の辻遊廓あたりになじみの店があるから、覗いてきたい、なんて言う。まあ、それぞれだ。

そのあたりで、めいめいに別れて、好きなところに行く、というような仕事のしかたがいいな。ずっと、そういうふうに思ってきたよ。おれなら、ホステスのいる店で金を払って、知らない女としゃべっていたいとは思わない。一人でバーで一杯ひっかけて、ホテルに帰って寝たい。でも、朝まで騒いできたい連中は、そうやってきたらいいだろう。ただ、そういうことなんだ」

「父」

焚き火台の炎から、目を上げて、マキが言う。

「なに？」

「答えになってない。だから、結局、余計なもの、って何なの？」

「ああ、そうだったか」

娘は、目を合わせ、じっと見る。

「――だんだん、おれは、ぼけてきてるんだ。余計なもの、ね……。

さっきの話で言うと、おれは、ＡＶって、興味がないまま、いままできた。それはおれの勝手だろう。だけど、このごろは、そういうことを言うと、必ず、

『ＡＶにも、いいものがあります。女性差別でもないものが。それに、女性の監督だって、いますし』

って、言うような人がいるんだよ。

だけど、おれは、女性差別だからＡＶは嫌いだ、と言った覚えはない。ただ、好きでもないし、興味がない、と言っただけだろ」

「ああ……」

それだけ声に出し、マキは笑った。

「そういう余計なことに、いちいち答えを求められることが、いまは多い。

話の眼目が、こうやってずれていく。わざとのように、そういう話し方をする人が増えている。もう無意識に、そうなっちゃってるような人も」

「そうかも」

マキは、小さく言い、また、木屑をくべる。

「いまは、何だってスマホだろう。指一本で、ほとんどのことが済ませられる。神様がそこにいるんだ。ずいぶん、横着になったもんだと思うよ」

「だね。きっと」

「だけど、生身の相手と付き合うのは、そうはいかない。手間がかかる。エッチな関係には、なおさらそうだろう。生身というのは、時間のことなんだ。それだけの覚悟がないと、やってられないんだよ」

言いながら、わが身の滑稽さがこみあげてきて、笑った。木屑の煙でむせてしまい、ハンカチで口もとをぬぐう。

「母にも、そうだったってことかな？」

いたずらな目つきで、こちらをマキはうかがう。

「まあね、結果的には。

だけど、こうやって六〇近くまで生きてると、そのときそのときで、いろいろとある」

なんでこんな話を一九歳になろうとしている娘としているんだろう？　そういう自問が、胸をかすめる。

「――おれが一〇代のころはね、〝セックス・カウンセラー〟の奈良林祥《ならばやしやすし》って人が、たいへんな人気だったんだ。芸能誌でも青年誌でも、とにかくいろんな雑誌に、この人がコーナーを持っていた。おれは、小学校の高学年くらいから、この人に性教育を受けながら育ったようなもんだよ。

青年誌っていうのは、『平凡パンチ』とか『週刊プレイボーイ』とか、要するに女の子の裸の写真が載っている雑誌だ。でも、芸能誌は、歌謡曲ファンの若い女性読者が多いし、おれみたいな小学生も読んでる。だから、奈良林祥って人は、言ってみれば、国民的〝セックス・カウンセラー〟なわけ」

「カウンセリングって、何をするの？」

「何から何まで、性に関する質問に答える。

一つは、避妊の方法だろう。それから、『HOW TO SEX』っていう本のシリーズを出して、何百万部も売れた人だから、セックスの方法みたいなもの。これは、とくに女の体についての説明が多い。オルガスムスの仕組みとか。あと、セックスには、交接そのものだけではなくて、その前とか後のペッティングが大事なんだ、とか。マスターベーションは、恥ずかしいことではなくて、むしろ、成長のために必要なことなんだ、とか。男子は包茎で悩む必要はない、とか。そういう、もろもろのことについて、写真とか図入りで語り尽くす、というスタイル。啓蒙家なんだ。

こっちは、小学生から中学に進むなかで、なるべく親に見つからないように、そういう記事をじっと見て、解読を重ねて、性に目覚めていくわけ。だから、まあ、エロだよね、そういう秘密文書として接していた」

「女の子も、それを読むんだね」

「うん。そこが大事だったんだな。当時は気がついていなかったけれど。

いまになって考えると、あのころ、奈良林祥がしきりに言っていたのは、〝セックスでは相手を大事にしないといけない〟っていうことだったと思う。特に、女のからだは大切に扱われないといけない。そのためには、体のしくみを知っておかなくちゃいけない。そして、男は、簡単に射精して済ませるんじゃなくて、相手の女を充分に満足させることに献身しなくちゃいけない、っていうことなんだよ」

話しているうち、また愉快になって、私は笑った。

「――そういうのが、国民的啓蒙家としての奈良林祥の基本姿勢じゃなかったのかな。おれたちが少年のころには、そうだった。これが、セックスをめぐる基礎知識、身につけておくべき常識、というか。

でも、気がつくと、いまのSNSの時代には、そういう〝常識〟自体が違ったものになっているのかもしれない。指一本で何でもできちゃうものとして。男たちは、時間をかけてお互いに楽しんで、女に満足してもらうのに尽くす、なんてことより、手っ取り早くAVのほうがいい、とか。

女に対して、力ずくでも悪いことをする男は、昔からいた。ただ、いまは、ごく普通の男たちの感覚までが、指一本の動き次第で、どこにでも振れていきかねないようなところに来てるんじゃないかな。そう思うと、恐くなる。想像と実行のあいだに、確かな境界がなくなっている、というか。そして、想像が衰えたぶんだけ、酷薄でいられる。

セックスという営みを介して、自分の向こう側にも、もう一人の生身の人間がいる。それを感じていない人間が増えてるんじゃないだろうか」

これは、社会的な壁ともなって、生身の人間の前に立ちはだかる。

女子高校生が、公衆トイレで赤ん坊を産み落とし、そのまま殺してしまって、逮捕される。こういう報道を見受けるたび、胸が苦しくなる。相手の男は、このとき、どこで、どうしているのだろうか？

妊娠に気づいて、中絶しようと病院を訪ねるが、相手の男の「同意書」が必要だと言われる。さらに、一八歳未満のあなたの場合、保護者の「同意書」も必要だと。相手の男は、最初、署名する、と言うが、そのうち、ぐずぐずした態度を取りはじめ、やがて連絡もつかなくなってしまう。自分の両親にも話すことはためらわれた。だから、病院を彼女が訪れることは、もうなかった。

今日では、相手の男と婚姻関係にない場合、その種の「同意書」は必要ない、との見方が、病院側でも主流になってきているようだ。法の条文も、はっきり、そのように読めるものになっている。だが、そうしたことが知らされるのは、たいてい、この種の問題が騒ぎになってからである。病院は、まずはみずからの責任が問われないように慎重な態度を取りがちで、手術のさいには一様に相手の男の「同意書」も求めることが多かった。それについての法的知識が、いちばん必要とされているとき、当事者があらかじめ知っておくことは許されない。

現行法の枠組では、こうしたかたちで赤ん坊殺しの案件が生じてしまった場合、相手の男は罪に問われない。だが、それは、たとえば一人の記者が、相手の男の居所を探しあて、ここまでの経緯にどんな事情があったか、匿名で話を聞いてくることまで阻むものではないだろう。そのような取材の痕跡もないまま、子どもを産み、死なせた女子高校生の「逮捕」だけが報じられる。この記事を書いた記者、チェックしたデスク、これを通した部長らは、誰ひとり、おかしいなと感じることがなかったのか。

どうして、それをせずに済ませられるのかが、私にはわからない。「ウラ」を取れ、と先輩記者から叩き込まれる報道とは、こういうことを意味したはずではないだろうか？　だが、これにも痛みを覚えない、いわば無痛症のような状態が、いつのころからか、だんだんに世間を覆っている。

「父……」

マキがこちらに目を向ける。

「ん？」

「なんで、きょうは、そんなことばっかり、わたしに言うの？」

「おまえのことが、心配なんだ」

焚き火の煙の向こうで、彼女の瞳が潤みはじめる。

「信じられませんね。お嬢さん、こんなところで野宿させるなんて、だめですよ。ここに連れてくりゃあ、晩めしくらい作ってさしあげるのに」

砂浜荘の管理人、五十嵐さんは、そう言って、軽口にまぎらせながらも、私をなじった。

「わたしらも若いころは、ユースホステルとか泊まりながら、女一人で旅をしてましたけど、このごろはへんなのがいるから」

奥さんの恵美子さんまで、亭主に加勢して、さらにおどかす。

「――このあたりだって、よそからクルマで釣り人が来るから、恐いんですよ。おかしいのが混じってたって、わかりませんから。今夜ひと晩、テントで過ごして心細いようだったら、あしたの晩はここでお泊まりになるように、小暮さんからもおっしゃってくださいね」

風呂に入り、夕食をとると、早めに寝て、夜半過ぎには起きだして仕事をはじめる。これが、私の暮らしのサイクルとなってしまっている。

眠りにつく前、部屋の電気を消し、窓から初声漁港のほうを眺めた。港のところどころに配された外灯を反射して、船溜まりのあたりの黒い海面がゆらゆらと光っていた。だが、マキのテントがあるはずの場所は、防波堤の陰になり、見通せない。あたりは、闇のなかに沈んでいる。マキもテントを閉ざし、眠りについているのではないかと思われた。

夜半に寝床から起きだし、回想記の執筆を再開した。

――映画「脱輪家族」の製作に関して、私が依頼されていたのは、シナリオの執筆である。ところが、行きがかり上、出演者としてのオーディションも受けてくれないか、ということになった。

監督には、かねてプロデューサーの高木さんが名前を挙げていた、パンク風の演出で人気上昇中の若手監督の抜擢が、ほぼ確定する運びとなったようだった。ついては、シナリオ初稿の段階ながら、キャスティングのオーディションを始めるという。以前から高木さんは、この原作をテレビ局がドラマ化する前に、先んじて映画化しておきたいという戦略上の判断を抱いていた。それもあって、企画全体の進行日程が早手回しに組まれていたのだろう。さらには、あるとき、高木さん自身がいきなり電話をかけてきて、

「小暮ちゃん。〝夏目寛太〟役のオーディションを受けてよ」

と言ったのだった。

「何ですって？」

聞き間違えたかと思って、私は尋ね返した。

「だからさ……、役者もやってほしいんだ。最終選考まで必ず残すから、そこで、監督立ち会いのカメラテストを受けてほしい」

〝夏目寛太〟は、主人公一家の隣家に独り住まいしている青年で、原作中には存在せず、私がシナリオで作り出してしまった役柄だった。

原作では、主人公の「私」がポップアート系の女性画家。彼女の連れ合いとなる「オロンゴ鳥人」が中年の写真家。その連れ子にあたる「トラ太郎」がパンク音楽好きの高校生。――という配置で、華やかではあるが、それぞれのキャラクターがいささか図式的で、言葉づかいも観念的。これをそのまま「家庭」劇に脚色するのでは、ご都合主義が目に余り、手詰まりになってしまうと思われた。

だから、隣家に、独り住まいで、ごく普通に地元の小さな会社に勤める〝夏目寛太〟を配してみた。彼は、あまり本など読まず、毎日、自分で弁当をつくって、勤め先に通っている。「私」が、近代、現代、ポスト・モダン、などといった言葉づかいを連発するのに対して、夏目寛太は、それを、「都会の家でも多くが汲み取り便所だった時代」、「洋式の水洗トイレが行きわたった時代」、「ウォシュレットなしには、日本人がトイレを使えなくなってしまった時代」というふうに、自分の暮らしの経験にとらえなおして、受けとめる。彼は、自宅の修繕程度の大工仕事はこなして、庭のゆずの木から実をもぎ、ジャムを作ったりもできる。こうした日常のやりとりを介して、「私」たち一家とのあいだに、語らいが生じる……。という展開になっていく。

「むちゃを言わないでくださいよ」

オーディションの件につき、私は逃げ腰な返事で身をかわす。すると、高木さんは、

「そんなことはない。〝夏目寛太〟は、もともと素人っぽい役柄だし、小暮ちゃんくらいが、はまるんだよ。役には、それぞれの性根ってものがあるんだから」

と、熱のこもった正攻法なもの言いで迫ってくる。

――それより、シナリオ料の半金五〇万円、早く支払ってくださいよ。――

本当は、そう言いたい。だが、高木さんのほうからは、そこには一切触れてくれない。これぞ、試合巧者の映画プロデューサーということか。相撲で言うなら、こっちは、相手のまわしに触らせてもらえない。

高木さんは、さらに、電話口での力説を続けた。

「これからは、シナリオライターが役者も普通に兼ねるような映画作りが、大事な潮流になっていくよ。

ほら、ジム・ジャームッシュのクルーなんて、やつの連れ合いがプロデューサーをやったり、

人手が足りなければ女優もやる。ミュージシャンが役を演じて、音楽も付ける。「ストレンジャー・ザン・パラダイス」なんて、彼がヴェンダースの助手をやったときにもらった余りフィルムで短篇を撮って、それを土台にして完成させたっていうんだから。

中国でも、陳凱歌《チェンカイコー》の「黄色い大地」で撮影を担当していた張芸謀《チャンイーモウ》が、呉天明《ウーティエンミン》の「古井戸」では主演男優だったろう？　そのあと、自分で監督もしている。

それから、フィンランドには、カウリスマキっていう兄弟がいて、それぞれに監督をやっている。彼らは、ヘルシンキで、自分たちで映画館まで経営しているらしい。自分らで撮って、上映までやる。これは、すごい強みだって思わないか？」

しゃがれた声が、受話器の向こうで、笑うのが聞こえた。

「——小暮ちゃん。おれたちも、いまのうちに、そういうやりかたを目指そうよ」

高木さんが率いる「ジ・アース」という独立系の映画製作会社が、このところ資金繰りで苦労しているらしいということは、業界の噂で耳にするようになっていた。創立から一〇年余り、劇映画では次々とヒット作を放ってきた高木さんでさえ、そうなのだ。だが、ご当人の口から、さほど深刻な話は聞いたことがなかった。経営危機と言っても、これまでだって義経の八艘飛びよろしく、危機から危機へときわどく飛び移りながら、どうにか切り抜けた。今回も、老練な試合巧者ぶりを発揮して、さらに新しい企てに飛び移っていくのだろうとばかり思っていた。

結局、私は、高木プロデューサーの熱弁に身を任せ、オーディションを受けた。場所は、高田馬場の貸し会議室だったように覚えている。

会場には、いくつかの役柄について、公募に応じた男女が集まっていた。タレント事務所に所属する若者が多いようだった。

司会役の高木プロデューサーが、

「この役について、ご自分のアピールポイントをおっしゃってください」

と言う。

最初の一人、ロングスカート姿の女の子が、前に進み出て、いきなり無言のまま逆立ちしてみせたことに驚いた。だが、こうした突飛な行動に出る役者の卵はしばしばいるようで、プロデューサーも、若い監督も、椅子に腰掛けたまま表情を動かさない。そして、高木さんが、またマイクを持ち、

「はい、次の人」

とだけ、言った。

二度の審査で候補者の人数が絞られた。高木プロデューサーの予告通りに、私も、そのなかに残されていた。そして、「最終審査」の通知が来て、「カメラテスト」が行なわれるとのことだった。

会場に入ると、二台のビデオカメラが、こちらに向かってセットされていた。

私に対しては、いったんこの会場の外に出てから、ドアを開けて入ってきて、部屋の中央で立ち止まり、短い科白を言うように、と指示された。

「おはようございます。きのうの晩は、ちょっと飲み過ぎのように見えましたが、調子はいかがですか？」

こう言うのだ。いまだにこれを覚えているのは、このシナリオの科白も、私自身が書いたものだったからだろう。まさか、これを自分で声に出すことになるとは、思っていなかったが。

――緊張のせいか、喉の奥がこわばり、無理に声を出そうとしたことで、妙に甲高い声になってしまった。それが、まるで他人の声のように耳殻のなかで響いた。

監督は、正面のカメラマンの脇に立ち、腕組みしたまま、じっとモニターに目を向けていた。

一方、これと並行するように、シナリオライターとしての私には難儀がさらに続いた。

映画「脱輪家族」の製作陣には、プロデューサーの高木遼一さんのほか、もう一人、共同プロデューサーとして佐々木ジュンコさんも名前を連ねていた。彼女は、川崎の街を本拠に、映画配給の事務所を切りまわし、焼肉屋、居酒屋のチェーンの経営にもあたる精力的な女性だった。世話焼きが良く、早口な大阪弁で、あけすけな物言いをする人である。三〇代終わりくらいの年ごろで、中学生の娘を一人育てていたが、その父親とは離婚していた。いまは、高木さんの恋人で、「脱輪家族」の原作者・若月マヤさんの親友でもあった。一方、高木さんは、ジュンコさんとの交際が生じたことから、妻子との家を出て、東中野の賃貸マンションに独居しながら、西新宿の事務所と往復して暮らしているようだった。

ジュンコさんは、私が書いた初稿シナリオに強い不満を述べた。「こんなん、あかん」と言うのである。それは、このシナリオにもとづいて製作準備を進めている高木さんへの異議申し立てでもあったろう。

こうした経緯から見て、たぶん『脱輪家族』という原作本を映画化する企画を最初に発案したのは、ジュンコさんだったのだろうと、私は思っている。彼女は、若者たちの反逆的な風俗への共感が強く、（すでに下降線をたどりはじめていたが）パンク音楽が好きだった。だから、映画化に際して、パンク調で、芯が強く、陽気で、ぶっ飛んだ女主人公を中心とする新しい「家族」の物語、というイメージを膨らませていたらしい。

ところが、書き上がってきた私のシナリオは「地味」で「暗い」。ジュンコさんは、そう言う。たしかに。だから、彼女は、ことあるたびに私をつかまえ、

「あんたのは、古いんや」

「こんなんやったら、干刈《ひかり》あがたの小説みたいやんか」

と、不満をぶつけてくる。

私は、このシナリオ執筆でことさら「新しい」ものとして、彼らの家族像を描かなかった。ここは、当初、高木プロデューサーから話を持ちかけられたときのポイントとは、いくらか違ったところかもしれない。「新しい」ものであることで、「家族」についてまわる葛藤が、必ずしも解消するとは思えない。むしろ、私は、「新しい」ことを目指したはずの「家族」にとってのつまずき、そこでの喜劇的な側面に、目を向けてみたかった。以前と違った「家族」の営まれ方とは、そういうところから汲み取られてくる余儀ない工夫のようなものではないか。

ジュンコさんの言うように、干刈あがたの小説は「しんきくさい」。だが、離婚して、二人の子を育てながら、東京という都市で一九八〇年代を生きていく経験は、その種の「しんきくささ」を避けて通れないものであったに違いない。ジュンコさん当人にも、おそらく、同様の覚えはあっただろう。こうした「しんきくささ」を一挙に吹き飛ばしてくれる力を「パンク音楽」に仮託するような創作上の姿勢は、私には、むしろ根気の欠如、既存の紋切り型へのもたれかかりのように感じられた。

私は、当時、フリーライターとしての稼業のなかで、干刈あがたという女性作家とも、幾度か面識があった。彼女が、自分は二人の子を持つシングルの母親として働きだしてからも、ひとの視線が気になって「一人で店に入って食事したりすることはできずに来た」と言っていたのを覚えている。そうした心情は、同じ一九八〇年代後半という時代に、巨大ディスコのお得意さまとなった若いＯＬたちの心持ちとは、明らかな対照をなしていた。だが、その後、二一世紀の日本社会の成員のなかにも持ち越されているのは、結局、干刈あがたが手離すことのなかった「しんきくささ」のほうではないのか――とも思い返される。

そうは言っても、当時、私の書いた「脱輪家族」の初稿シナリオは、さらに監督やプロデューサーの意見も取り込みながら、第二稿、第三稿と改稿を重ねるはずのものだった。そうした作業のなかでも、たびたびジュンコさんからの論難を浴びることになるのかと思うと、私の気持ちは晴れなかった。

だが、べつの異変があった。

早手回しに進められていたオーディションなど、映画「脱輪家族」の製作準備の動きが、ぴたりと止まった。慌ただしくなされたオーディションの「最終選考」の結果さえ、連絡がないまま、時が過ぎていく。年の瀬が迫って、ある日、

《過日は映画「脱輪家族」出演者最終選考会にご参加いただき、まことにありがとうございました。諸般の事情により、合否判定に遅延が生じておりますことをお詫び申し上げます。ついては、製作準備が再開し次第、選考結果のご連絡をいたしますので、まことに恐れ入りますが、いましばらくのご猶予をお願いいたします。》

と、映画製作会社名で、ハガキ一枚、木で鼻をくくったような通知があった。そして、そのまま年は一九八九年に越していった。

シナリオ料の半金五〇万円も、まだ支払われていなかった。フリーライターという手から口への稼業で、当てにしていた稿料の支払いにこうした遅滞が生じると、もちろん、われわれは途端に食い詰めてしまう。だから、前年の晩秋にオーディションの日程が終わってから、二度ばかり、私は高木さんに催促の電話を入れていた。だが、映画製作自体がはかばかしくない気配を示すなか、のらりくらりした逃げ口上を電話口で高木さんに並べられると、かえって、こちらも遠慮にとらわれて、それ以上の督促をしかねてしまう。

とはいえ、一九八九年春に至ると、いよいよ暮らしが行き詰まった。アパートの家賃や光熱費にも滞納が生じて、当時の妻であった久美との夫婦関係にも軋みが増した。

「映画製作会社に未払いのシナリオ料がある」

夜更けのアパート、台所のテーブルで向き合ったまま、私は言った。

「――けど、その会社も金繰りに困っているらしい。二、三度、プロデューサーに催促したけど、これ以上、おれからは言いにくい。君が取り立てられるなら、そのカネは自由にしてくれていい」

深いため息をついてから、彼女は答えた。

「その人の電話番号を教えて」

そして、彼女は受話器を手に取り、その番号を押していった。こんな遅い時間に、事務所には誰もいないだろう。そう思ったが、電話がコールすると、出る人がいた。高木プロデューサーはおいでになりますか、と彼女が名指すと、電話は取り次がれ、本人が電話口に出たようだった。

「小暮ミツオの妻です。生活に困ってるんです。五〇万円、未払いのシナリオ料があると聞いたんですが、お支払いいただけませんか」

久美は、冷静な口調を保ったまま、ほとんどひと息に、それだけのことを言った。

相手は、礼儀正しく詫びているようだった。そして、――小暮君は、そこにいますか？　いるなら、代わってくださいますか――と求めたようで、彼女は受話器を私に差し出した。

もしもし、電話を代わりました、と、私は言った。

――高木です。――

いつもの塩辛声が、受話器の向こうで応じた。にもかかわらず、ずいぶん久しぶりに聞く声のようにも感じられた。

――……いま、奥さんから電話をもらって、話しました。申し訳ない。――

そこまで話して、思案するように、その声はしばらく沈黙した。そして、また、話しだす。

——……お支払いします。ただ、申し訳ないのだけど、三〇万円、ということにさせていただけないか。今月から、毎月の二五日に、一〇万円ずつ、三回に分けてお支払いするので、事務所に顔を出してくれませんか。ぼくが留守でも、わかるようにしておきます。——

私は、それを受け入れ、従った。

塩辛い声は、自身も会社の債務への対処に憔悴しながら、関係者の家庭を窮状に追い込んでいることをさらに心苦しく思っているものに感じられた。それは、高木さん自身が後にしてきた妻子との家に、どこかしら重ねられた心痛だったのかもしれない。

私は、それから三カ月、月末ごとに西新宿の映画製作会社の事務所に通って、初夏までに計三〇万円を受け取った。

続く夏、高木さんが率いる映画製作会社「ジ・アース」の倒産が、新聞の紙面で小さく報じられた。私の胸には、そのときも、悔いと罪悪感のようなものがよぎった。同時に、恥ずかしいほど不出来なシナリオが、これで映画の実作としては残りそうにないことに、ほっとしたのも確かだった。

仕事をしているあいだは、夜も、目の前のカーテンは開け放ったままである。窓ガラス越しに見えているのは、道一本をはさんだ浜のむこう、暗い海だけだからだ。

○

夜半過ぎ、仕事を再開したとき、真正面の西向きの海の上に、高く満月がかかっていた。月光が海原を照らし、穏やかな波に音もなく揺れている。海面に浮き立つ光の道が、こちらの浜まで続いてきていた。

しばらく、書き仕事を続け、顔を上げる。すると、月は、さきほどよりやや右に寄り、海原のほうに降りてきている。

午前三時をいくらか過ぎたころだったか。さきほどまで皓々《こうこう》と輝いていた満月に、わずかな赤みが差しているように感じられた。時を追うにつれ、その赤みは増していく。午前四時にかかるころには、血のように赤黒い月となった。月面の地紋が、眼球に走る血管のように見えていた。

「あかつき」という古語を思いだした。古代の人は、早暁からの時のうつろいを「あかつき」「しののめ」「あけぼの」と区分していく。

「あかつき」は、まだ夜深く、気配としてだけ朝の兆しを感じ取れるような刻限をさしたらしい。まだ東の空に太陽が現われる時間よりも早く、それと反対側の西の空で、月がこのように少しずつ赤く染まりながら没していく。その〝赤月〟のときをさした、ということなのではないか。

「しののめ」は、闇から光へうつろう夜明けの空に、茜色が差しはじめる時の訪れをさした。東の空の雲などが形を帯びて見えはじめる。

「あけぼの」は、〝明け炎〟、つまり、太陽が海や山の端にのぞきはじめる。

夜は、そのようにして消えていく。

○

朝食後、午前中いっぱいは、部屋でさらに原稿を書きつづけた。

昼になると、五十嵐夫妻が、食堂にざるそばと野菜の天ぷらを用意してくれた。一人きり、食堂のテーブルでそれを食べ、午後にかかりはじめた日射しのなか、初声漁港の入り江を回りこむように歩いて、マキのテントを訪ねていく。

テントの前で、折りたたみの椅子に腰を掛け、ティーバッグの紅茶を淹れて、マキはパンをかじっていた。

「またパンか」

「うん。よさそうな手作りパン屋が、駅のほうにあることがわかって。午前中、散歩がてらに行ってみた」

「それは、何？」

マキが両手で持って食べている、黒ごまを散らした丸いパンを指さし、私は尋ねた。

「全粒粉のアンパン」

即答して、彼女は笑った。

紙袋のなかを覗くと、イチジクとクルミらしい果実が練り込まれたハード系の細長いパンと、クロワッサンも入っていた。

「よく寝られたか？」

「まあまあ」

海の沖のほうに目を向け、彼女は言った。小型漁船が一艘、船溜まりから防波堤の先端をまわって、波を切りながら沖に出ていく。

「——明け方くらいから、漁船が次つぎ、海へ出ていった。いまは、大方、戻ってきているね」

「定置網から魚を上げにいくんだろう。砂浜荘にも、以前は、そういう漁師のおかみさんが手伝いに来ていた」

「何が掛かるんだろう」

「アジ、サバ、マダイ、イサキ……とか、そんなところかな。サヨリも、この季節には獲れるんじゃないか。あれは、大きいと、いい値がつくらしいね」

「気持ちがいいだろうな。そういう仕事は」

「うん。たくさん獲れれば、なお、うれしいだろうし。

砂浜荘を手伝っていたおかみさんも、朝早く、夫婦で船に乗って網を上げに行くのが、一番の楽しみだと言っていた。一度、いっしょに乗せてもらえませんか、と頼んでみたけど、うん、とは言ってもらえなかった」

「じゃまなんだね」

「だと思う。夫婦だけ、っていうのがいいんだろう」

「父」

私の分の紅茶を淹れて、マキはカップを差しだした。

「なに？」

「いま、仕事、どんなことを書いている？」

「思い出話だよ。むかし、映画のシナリオを書かされたことがある。そのときのこと」

「映画があるのか。ＤＶＤで見られる？　配信とか」

「いや、企画段階でつぶれちゃったんだ。資金が集まらなかった。たぶんね。

おれにとっては、ラッキーだったと思っている。ひどいシナリオだった。のちのちまで、恥をかき続けずに済んだ。

でもね、映画という表現については、シナリオを任されたおかげで、勉強になった。実際に書いてみないと気づかなかったことが、いろいろある。おまけにギャラまで、いくらかもらえたし」


ただし、現実には、もう一つ、べつの結末も用意されていた。

映画「脱輪家族」の企画が立ち消え、映画製作会社「ジ・アース」まで倒産してしまってから、一〇年余りが過ぎたころだったろう。

朝、新聞を開くと、

「川崎市での火災、死亡は元映画プロデューサー」

との小さな見出しが目に入った。

死亡した人の名は「高木遼一」、六三歳だったと書かれている。

記事によると、――数日前の昼前、川崎市川崎区のアパートから出火し、火元と見られる部屋から、男性の焼死体が見つかっていた。その後の鑑定から、遺体は、この部屋の借り主、元映画プロデューサーの高木遼一さんであることが判明した、とのことだった。なお、高木さんは、数年前に脳梗塞で倒れて以来、半身が不自由な状態で生活しており、火災のさいに逃げ後れたのではないかとみて、警察が調べている、とも書かれていた。

偶然にも、こうして高木さんの不慮の悲報に接し、衝撃を受けた。映画「脱輪家族」の企画が潰れてからの一〇年余り、互いに接触する機会もないまま過ごしてきたからだ。そのあいだに、私は離婚を経験した。そして、やがて、べつの女と暮らしはじめて、もう一度、結婚していた。四〇歳になるのを目前にして、その女とのあいだに、赤ん坊が生まれていた。

また、その高木さんの死亡の記事には、さらに、私にとって、ひそかな驚きがともなった。火災のあった川崎市川崎区は、ＪＲ川崎駅の南東方面一帯で、映画「脱輪家族」の企画が動いていたころの共同プロデューサー、佐々木ジュンコさんが自身の映画配給会社の本拠を置き、焼肉屋や居酒屋のチェーンも切り盛りしていた土地であることを思いだしたからだ。あの二人は、高木さんの映画製作会社が倒産してからも、パートナーとして過ごしていたのだろう。おそらくは、高木さんが病いに倒れてからは、ジュンコさんが彼を手もとに引き取り、世話していたのではないか。

ジュンコさんは、大阪弁の明るい毒舌の人だった。あの言葉の連射を浴びると、こちらは、なぎ倒されるようなダメージを受け、ほとほと参った。当時は、こちらから進んで彼女の顔を見たくはない、というのが、正直なところだった。だが、彼女は病身の高木さんを守り、私の知ることのない歳月が、その居場所には流れつづけていたのだろう。

新聞の記事自体は、孤独な最期を示唆する書かれ方だった。だが、それとは違った感慨が、私のなかには残ることになった。

「マキ、おれはね、おまえの母といっしょになる前、むかし、べつの結婚をしていたことがある。もう、知っているかもしれないけれども」

テントの近くの切り株に腰を下ろして、私は言った。ありきたりなこととして話そうとするつもりでも、どうしても、親という立場としては緊張してしまう。

「知ってる。母も、そうだったんでしょ?」

娘の側は、けろっと答える。その様子に、こちらが拍子抜けしてしまう。

「なんで知ってるんだ」

「母が言ってたことがある。

父だって、そういうこと、よく小説に書いてるじゃない」

「意外なことを言うね。おまえ、おれの小説なんて、読んだことがあるのか？」

「あんまり。最後まで読んだことはない」おどけて、彼女はてのひらを口に当てる。「でも、ぺらぺら本をめくるくらいはするでしょ。家にあんなにあるんだから」

「母は、なんで、言ったんだろうな」

「『わたしたち、どっちも、結婚は二度目だけど、子どもはおまえだけなのよ。ほんとに』って言ってた。

それが言いたかったんじゃないかと思う」

「ああ、そうか」

妻が、娘に、それを伝えておきたかった気持ちは、わかる。伝えそびれたままで、おれたちが死んでしまうと、残された娘が不安を感じるのではないか――。私自身も、たびたびそれは考えた。

ただ、このところ私が娘に伝えておきたいと思うのは、それとも違ったことである。

「――マキ。おれはね、またべつのことをおまえに伝えておきたいと思っている。おまえが、どういうふうに思うかはわからないけど。

おれは、前の結婚相手とのあいだで、彼女のお腹にできた子どもの中絶をしたことがあるんだ。そういう経験がある。彼女と結婚するより、さらにずっと前のことだったが」

「それ、いつのこと？」

真顔になって、マキは聞く。

「一九歳のとき。彼女もそうだ。どっちも、大学一年で、べつの大学の学生だった。高校生のときから、付き合っていたからね」

「そうなのか……」

マキは、新しく集めておいたらしい木屑の小さな山から、いくつかを拾い上げ、焚き火台にくべはじめる。

「そのことを思いだすと、おれは、いまでも苦しくなる。そうするほかなかったとは思うんだが」

「そうなの？」彼女は、目を上げてから、首を振る。「ううん。でも……、なんで堕ろしたの？」

「彼女が決めたんだ。おれは、産んでほしい、とは言った。でも、そういうのは、形だけだ。起こったことについて、深く考えて結論を出さずにおれないのは、やっぱり女の側なんだ。結論は、それ以外にない、ということを、彼女はわかって、そう言ったんだと思う。

産んでくれ、と言っても、たいしたことをおれは考えたわけじゃない。大学を辞めて、子どもを育てていくためには働くことになるんだろうなと、それくらいで。

どんな職業に就こうかとか、はっきり思いめぐらせていたとも思えない。もし、彼女が子どもを産むことにすれば、実家を出て、おれと暮らしだす。彼女の両親は、おれたちが付き合っていることに、大反対だったから、少なくとも、その人たちとは当面、縁を切らねばならなかっただろう。

おれは、やりたくもない仕事をして、妻子との暮らしを支えなくてはならない。それで、一生を通せただろうか？　そうとは思えない。一九歳のとき、彼女も、それがわかっていたんだと思う。おれとは、けっこう長い付き合いだったから。堕ろすほかない、と彼女は言った。産んでほしい、とおれが言っても、首を振るだけだった。これ以上、考慮するような余地はない、という気持ちだっただろうと思う」

「どうやって、手術のための病院を決めたの？」

「おれが教えてもらってきたんだ。中学、高校生のころ、喫茶店でアルバイトをしていた。そこのスタッフだった女の人に。彼女たちが、女同士で、ときどき、そんな話をするのを覚えていたから。女医さんの、いい産婦人科の医院があるって。

だから、電話して、近くの駅の改札口まで、その女の人に出てきてもらったのを覚えている。医院の名前と場所を教えてくれて、『あなたも、いっしょに行かないとだめよ』と彼女は言った」

「そうしたの？」

「そうした」

「本当に妊娠しているかどうか、まず、検査をするの？」

「そう。尿検査か何か、したのじゃなかったかな。たしかに妊娠しているということになり、女医の先生から意思確認がなされて、彼女は、中絶をお願いします、と言ったらしい。そうすると、相手のおれにも、中絶手術への『同意書』へのサインと押印が求められた。それを書いたことを覚えている」

「じゃあ、共犯だとも言えるね」

「そうだな。だけど、彼女のしたことは、犯罪じゃない。これは、おまえにも言っておこう。そうじゃないんだ」

手のなかの紅茶のカップを彼女は口に運ぶ。喉元がかすかに動いた。

「――いまから思うと、法的には、『同意書』というのは必要なかったのかもしれない。おれたちは、互いに配偶者ではなかったんだから。いまは『母体保護法』という法律になっているようだけど、当時は『優生保護法』だった。そこに、こういう、人工妊娠中絶には配偶者の同意が必要だという取り決めがあると、説明がなされた。

でも、とにかく、おれ自身にとっては、そこにサインが求められたのは、よかったと思っている。彼女にとっても、そのときには、そうだったんじゃないかな」

「やけに詳しいね。法律とか」

「調べてみたんだよ。このごろ、気になる事件が多いから、あのころのおれは、どうだったんだろうか、ってね。だんだん、あたまがぼけてくる。古い記憶をたどってみても、ぼんやりしてしまっているものだから。いまのうち、調べてみるなら、やっておかないと、おれ自身が、もう、それさえできなくなってしまいかねないからな」

マキは、微笑を浮かべ、カップの底の紅茶を覗き込む。束ねていない髪が、彼女の頬に落ちてくる。

「おカネはどうしたの？　手術の費用は」

「おれがなんとかしたんだと思う。彼女にも、いくらかあったかもしれない。最初に医院で検査を受けて、手術まで少し日にちがあった。初診のときに、費用についても、教えてもらったんだろう。手持ちのカネで足りない分は、持っていたカメラを質屋に入れたんだ。

そのとき、質屋のおやじさんが、

『流さはるつもりですか？　そうやないんやったら、額はなるべく少なめにしとかはるんがよろしおす』

って、助言してくれたのを覚えている。

質屋を使うのは初めてだったから、ルールがよくわかっていなかった。質入れする品物を持っていって、それを質草《しちぐさ》にして、いくら貸せるか評価してもらうんだ。……まあ、このカメラとレンズやったら、合わせて二万五千円にしときましょ、とか。

こっちが、借りた金を期限までに返済しなかったら、質流れといって、質屋はその質草を転売することで、代金を得る。こっちが利子をつけて返済したら、質入れしていた質草を返してくれる。あるいは、ひとまず利子だけを返して、質流れまでの期間を延長する、ということもできる。借り主の都合次第で、そこはこっちが判断すればいい、ということだ。質屋にとっては、毎月の利子を得るだけでも、一定の利益があるわけだから。

つまり、そのとき、質屋のおやじさんは、——あんたが最初から質流れにするつもりで、このカメラを質に入れるのなら、できるだけ高く評価してやろう。でも、いずれは、返済してカメラを取り戻そうと考えているのなら、あまり上限いっぱいまで借りずに、低めの金額で借りておくほうが、あとで返しやすいよ。というふうに助言してくれたわけだ。借金というのはそういうもんだ、度を越すとあとが苦しくなる、って、おやじさんは、おれに教育してくれたんだろう」

「父は、どうしたの？」

「いくらだったかは覚えていないが、必要なだけは用立ててもらった。一、二度、利子だけ払って、質流れを延ばしてもらってから、アルバイトの給料が貯まったところでカメラは取り返した。

　だけど、そういうことさえ、どこか遊び半分みたいなところがあった。思いだして、気持ちのいいものじゃない」

「手術の当日も、父は、いっしょに医院まで行ったの？」

「行った。駅で待ち合わせて、電車に乗って。もう、つわりみたいなものがあって、電車のなかで、彼女はちょっと吐いたんじゃなかったかな。

　小さな医院なんだ。女医さんが直接出てきて、

『術後は一時間ほど別室のベッドで休んでもらいますから、それが終わる時間に合わせて迎えに来てください』

　と言われた。少し離れたところにある喫茶店で待っていたように覚えている」

「そう……」

　マキは目を上げて、しばらく、沖のヨットのほうをじっと見つめる。

「――わかる気はする」

　そう言って、こちらに眼差しを戻す。

「だといいけど。

彼女を引き取りにいって、そのときにも、女医の先生が出てきて、短い言葉で、おれにも何か手厳しい注意をしてくれた。何だったかな、いまはもう思いだせない。妊娠したときに産んで育てる覚悟がないかぎり、きちんと慎重に避妊するのは、男女とも、お互いの義務だ、母体と生命のことを考えて、こんなことを繰り返すことがないように、ということだったと思うけれども。

帰りの電車のなかで、彼女が、

『エビの赤ちゃんみたいだった』

と言った。掻爬して出てきた胎児を、手術のあと、先生は彼女に見せたんだ。おれは、見ていない。生きて産まれた赤ん坊なら、おれも見ることになったはずだ。

ここには、大きな違いがあるね」

「だね」空になったカップを持つ、娘の両手がそこにある。「父は、その子を見ていないのか」

「うん。見たとして、そのとき、どう感じたかは、わからない。だから、先生は、男の側には、あえて見せることがなかったのかもしれない。その子、というふうに、『子』と思えたかどうか」

「そうなのかも」

マキは、私の目を見て、かすかにうなずく。私は、沖のほうへと、目をそらす。

ひと息、呼吸を整えてから、小さくなった焚き火台の炎に、私も木屑を加えていった。

「実は、そのあと、さらにもう一つ、悪い記憶がある。

中絶手術のあと、彼女は、処方された薬をしばらく飲んでいた。子宮収縮剤と抗生物質だったんだと思う。ところが、お母さんに、その薬が見つかって、中絶の手術を受けたことがバレたんだ」

「薬で？」

「うん。お母さんは、医者の娘で、ある程度、薬についての知識があったらしい。それで、お婿さんを取って、町医者を継がせていた。

大事な下の娘が悪い男と付き合ってるようだ、というんで、お母さんは用心していたんだろう」

「だからって、薬まで。机の引出しのなかとか、ポシェットのなかまで、監視していたのかな」

「そうだと思う」

「父」白い歯を見せ、おかしそうにマキは笑った。「なんで、そんなに悪く思われていたの？」

「古い街だからね、うちみたいな家族を嫌う人はいる。両親をめぐる噂も、評判が良くなかったんだろう。母子家庭だったし、別れた父親のほうも元は左翼の過激派だったと、知ってる人はご近所におおぜいいたから」

「過激派？」

「いまふうに言えば、テロリストかな」

「爆弾を仕掛けたり？」

「そこまでは、やらなかったようだ。せいぜい、火炎瓶を投げる程度で」

「火炎……？」

「ビール瓶なんかに、硫酸でも入れて、栓のあたりに、これと反応を起こす化学物質を塗った紙を貼りつけて、投げるのだったかな。瓶が割れたところで、発火する。

　マキ。おまえのおじいさんは、朝鮮戦争下の高校生だったときに、そういうものを投げて、警察に捕まったんだ。火炎瓶は、不発に終わったそうなんだけど」

「危ないね」

「そう、危ない。だから、喜ばれないだろうと思うよ。町医者の娘の交際相手としては。おれ自身も、反抗的だとか、先生たちへの評判は良くなかった。そういうことが、いろいろ親御さんの耳に入る」

「だね」

「彼女は、両親のことが好きだったんだ。価値観のようなものも共有していたと思う。でも、おれとのことが、そこまで両親の知るところとなれば、彼女としても、居心地が悪い。むろん、彼女だって、まじめ一筋だったというわけでもない。でも、娘っ子というのは、誰にも邪悪な心の働きのようなものはあるだろう。親にこっそり隠れて、悪いこともする。利口な娘は、親に秘密で、相当に大胆なことができるし、嘘だって上手につける。だからこそ、ひと通り羽目を外せば、あとはまた模範的なお嬢さんに復帰して、親が望む結婚をして、幸せな家庭生活も送れたはずだ。たぶん、彼女はね、そうあるべき人だった」

さあ、もう、ここでこんな話を続けていても仕方ないだろう——。

と、私は思っている。

われわれは、誰もが、他者から影響を受けながら生きている。日ごろの何気ない会話で、「あ、なるほど」と思いあたることを口にする人がいる。聞いているこちらは、わざわざそのことについて声に出して同感を示したりはすることもないまま、過ぎていく。日常とは、そういうことの繰り返しで成り立っているとも言えるのではないか。

それでも、その相手の言葉が、以来、何年も、何十年も、私のなかに残っていることがある。かつてこれを言った当人に、

「あのとき、あなたは、こんなことを言ってたよね」

と確かめようとしても、「え？　そうだっけ」と、もはや頼りない。人から人への影響の残り方とは、このようなものだろう。もう、その人はいない。だが、影響だけが残っている、ということはありうる。これからも、会うことはない。だが、その相手が存在しなかったことにはならない。いくつもの人生が、このように連なり、途切れ、限りあるものとして、なお続いていく。

一〇代のころ、一人の女の子と付き合った。互いに好きあっていたのは確かである。それでも、彼女には少しばかり邪悪なところがあり、私にもちゃらんぽらんでいいかげんなところがあった。少年、少女というのは、そういうものだろう。そして、あるとき、自分たちの失敗につまずく。

もっと、ほかの選択はありえたか？　むろん、あったはずだ。だが、若い二人が語りあって、それぞれに思い決め、故郷の街を離れる。これは、ごくありきたりな行動にすぎない。この世界は、砂のように、そのような無数の若い男女も含んでできている。誰でも、いつかは若かった。あるいは、これから成長し、若者としての喜びや痛みを身に受ける。そして、さらに年齢を重ねて、じょじょに老いていく。

生きるなかで、何かにつまずく。だが、自分が何につまずいているかを最中《さなか》に判定するのは難しい。つまずいたことに気づいたときには、すでに、その地点を通り過ぎている。一つの作用は、次つぎ、別の動きとも干渉しあって、複雑な形状の波紋を広げていく。

つまずいたところから、「嘘」や「隠しごと」を互いに必要としていたのだろう。だが、そこまで引き返して、やりなおすのは、もう難しい。それを互いが直視し、修復しようと努力するのは、なおさらに。


「父」

「なに?」

「わたしが生まれてくるときには、どう思った?」

「うれしかった。とても」

「ほんと?」

「うん。おまえの母と、互いにもういっぺん結婚しようと決めたとき、子どもを作りたいとは思っていなかった。おれは、小説を書いていきたいと思っていたし、そうである以上、こんな時代に子どもを育てる余裕なんか望めない。

だけど、そのあと、彼女に説得されたんだ。『わたしはとうに三〇代後半で、あなただって、もうじき四〇になる。これがラスト・チャンスだと思ってる』って。

このとき、二つのことが思い浮かんだ。その一つは、子どもを持ちたいという彼女の希望を、このまま、おれが阻んでしまっていいのだろうか、ということ。もう一つは、おれは、すでにずいぶん長いあいだ、子どもを持たないつもりで過ごしてきているな、ということなんだ。そして、二つの点を自分のなかで並べてみると、子どもを持ちたくない、という気持ちは、それほど頑《かたく》なものではなくなっている。そのことに気づかされた」

「生まれてくるのは、女の子がよかった、と言っていたね」

「そう。マキっていう名前は、母が妊娠したとわかって、すぐに決めていた。でも、もし男の子だったら、生まれてくる子に申し訳がないから、よその人には言わないようにしていた」

「なんで『マキ』にした？」

「意味はない。何度も、これは言ったろ？　だがね、地中海のコルシカ島では、岩場のずっと奥に開けているような、広い雑木山をマキと呼んだそうだ。お尋ね者でも、そこに逃げ込んでしまえば、軍や警察だって手出しができない。それがマキの羊飼いたちの掟だから」

風が、海のほうから、岸に向かって吹きはじめた。その風に乗り、浜に寄せる波の音も、少しずつ大きくなるようだった。

マキは、やや大きめの木の瘤のような部分を焚き火台の上に置き、指で少しずつ動かしながら、そこに火を移していく。

「――マキ、おまえは、もうじき一九だろう。おれは、自分がその時期にどんなふうに過ごしていたかを思うと、正直、おまえのことが不安でしかたないんだ。だけど、おれは、これからも、ほとんどおまえの役には立てそうにない。

でも、母なら、きっとおまえは、これからもわりに相談しやすいんじゃないかと思う。だから、本当に困ったときには、思い切って声をかけてみることだろうね。あの通り、心配症ではあるけれど、おまえの立場に立って、きっと物事は考えてくれるだろう」

マキは、大きくなってきた炎に、両方の手のひらをかざす。そこを見つめながら、

「うん。……そうする」

と、軽くうなずく。

彼女のことを知っている――。
フランスの作家、アニー・エルノーの『事件』という小説を読んでいるときにも、私は、そう感じることがあった。カトリック社会のフランスでは、一九六〇年代、まだ人工妊娠中絶が法によって厳しく禁じられていた。

法律　以下の者は懲役および罰金を科される――（一）何らかの中絶処置をほどこした

者。(二) その種の処置を指示もしくは幇助した、医師、助産婦、薬剤師、およびその責任者。(三) みずからの身体に中絶処置をほどこした女性、もしくはそれに同意した女性。(四) 中絶を教唆、避妊を奨励した者。

新ラルース百科事典（一九四八年版）

こうした法の下に置かれた社会においては、病院の医師たちも、望まない妊娠をした女たちの窮状から、顔をそむけてしまう。さらに、彼らは、中絶の手段に関する情報から、意図して女たちを遠ざける。なぜなら、この「堕胎罪」に問われて、医師たちが有罪判決を受けるに至ると、彼ら自身が営業権の永久的ないしは一時的な剝奪、さらに、滞在禁止〔裁判所が指定する場所への立ち寄りの禁止〕まで宣告されるおそれがあるからだ。こうした厳しい法的禁圧が、ヤミ堕胎の医療水準の低さにも、いっそう拍車をかけさせた。

この法律においても、胎児の父親にあたる男たちへの言及は、ほとんどない。(四) に該当するかどうか、というところか。自身の妊娠を受け入れられない女たちは、この法により、いわば予備的犯罪者として孤絶と衛生上のリスクのなかに追いやられ、ヤミの堕胎医を求めて街をさまよう状況に陥る。一九六三年、ルーアンの二三歳の女子学生たるエルノー自身が、そうだった。

一九六一年、日本の京都で女子学生だった私の母は、大学に在籍したまま、私を産んだ。それは、母を妊娠させた男が、彼女との結婚を望んだからでもあったろう。さもなくば、私の母も、いくばくかはエルノーと似た境地に陥っていた可能性もなくはない。

妊娠中、母は、所属するプロテスタントのキリスト教会で、男との結婚式を挙げている。つまり、このとき、まだ私は母の胎内にいて、母を孕ませた相手は、これによって母の「夫」、そして、私の「父」とも呼ばれる権利と義務を得た。

母の母親は、自身の娘が、こんな男と結婚することに、反対だった。結婚式にも出席しないと言い張った。だが、母の父親は、「この状況で、自分たちが反対すると、娘を不幸にする」と言って、結婚式には出席する意向を示した。母の母親も、最後は、それに従う。

母の父親は、戦前・戦中、東京で官僚だった。日本の敗戦後、公職追放となり、追放解除後は京都に移り、京都市役所で高職にあった。あまり熱心ではなかったが、その両親（私にとって曾祖父母）の代からのクリスチャンでもあった。

かたや、私自身の父親となる男は、元過激派の青年で、氏素性がはっきりせず、出生時には、自分単独で「戸主」とされる戸籍を持っていた（そこには、「父母ノ家ニ入ルコトヲ得ザルニ因リ一家創立」と記載されている）。二歳のころ、子どもがない京都市内の米屋の夫婦のもとに「里子」として預けられた。中学二年生のとき、その夫婦を養父母として、「養子縁組」の手続きが取られた。

そんな事情もあって、母の両親にとって、この結婚話は「身分違い」という意識があったろう。いや、父の養父母にとっても、受け身の立場で、これが負担に感じられていたに違いない。

こうした経緯を重ねて、私の母は、一九六一年、私を産んでいる。一方、一九六四年一月下旬、ルーアンの学生寮で、女子学生アニー・エルノーは、ヤミの堕胎の処置が施されていた妊娠五カ月目の胎児を子宮から自分ひとりで排出する。堕胎を請け負う年輩の準看護婦によって、子宮頸部にゾンデ（針金状の医療器具）が挿入され、そのままの状態で流産が生じるのを待って、すでに数日間、日常生活を送っていた。脚のあいだから胎児をぶら下げ、どう処置したらよいかわからないまま、ハサミで臍《へそ》の緒を切る。胎児は、頭が大きく、ちっぽけな体をしている。「透明なまぶたの下に、目がふたつの青い斑点になっている」。「ペニスの芽生えが見えるようだ」。しばらく泣く。そして、胎児の遺体は、トイレで水洗の水に流した。

相手の男が、もっと彼女の妊娠に関心を示していたら、そのとき、エルノーは子どもを産もうとしていただろうか。わからない。だが、そこに至るまでの経緯において、彼女が追い込まれた孤独と恐怖、また、胎児の遺体の遺棄については、当時のフランス刑法が定めていた「堕胎罪」によって余儀なくされたところが大きい。日本の戦後社会で制定されて、母体の保護、経済的理由からの人工妊娠中絶を認めた、当時の「優生保護法」の下では、少なくとも、もっと適正な医療的配慮が期待できたはずである。

私自身が、中年を過ぎて、初めて知ったこともある。

少年時代、親の目をぬすみながら読む雑誌コラムなどで、さんざんお世話になった「セックス・ドクター」こと奈良林祥は、もともとは戦時中に医学校に通い、産婦人科医となった人なのだそうだ。戦後は「優生保護法」が施行され、勤務先の病院で、来る日も来る日も、中絶術を担当させられる巡り合わせとなった。

妊娠三カ月ほどの胎児が、自分の操る流産用の鉗子によって掻き出され、ころんと音を立てて、受け皿の膿盆の上に落ちる。いずれは眼球になるはずだった部分の黒い点が、じっと自分を見つめているように動かない。

こんなことを毎日繰り返しているうちに、自分のしていることは何なのだと、自問自答に苛立たしさがつのってきた。少し前に結婚した薬剤師の妻がクリスチャンだったことから、彼も教会に通いはじめて、やがて受洗。これを契機に、避妊指導、受胎調節に専門的にあたる産婦人科医になることを目指しはじめる。これが、彼の三〇代初め、一九五一年ごろのことだった。まだ、避妊の指導など、まっとうな医者のやることじゃないとみなされていた時代だった。

さらに東京都の保健所職員に転じて、ここでも避妊の普及と指導にあたる。一九六〇年代に入ると、東京・四谷の主婦会館で、日本で最初の結婚カウンセリング・クリニックをスタートさせる。やがて、より本格的なカウンセリングを身につけようと、すでに四〇代だったが、米国に留学する。

これによって、一九六〇年代の米国での性科学研究の飛躍的な進展に接したことが、彼に「性生活」そのものへの目を開かせる。黒人たちの公民権運動の坐り込みなどに加わり、さらに「性革命」の予兆となる動きに身を置いた。

日本に戻ると、彼は、よりセックスへの肯定的な姿勢を深め、なおかつ、性の「啓蒙家」として大衆的な活動の裾野を広げていく。一九七〇年代、『HOW TO SEX』などの著書が爆発的な売れ行きを示す「セックス・ドクター」たる奈良林祥は、彼自身が、こうした長い自問自答と、そこからの思索や実践の深化を生きた人でもあったらしい。

「おれの母親は、妊娠し、学生結婚して、ともかく、そのまま子どもを産んだ。彼女自身には、迷いがなかったのかもしれない。だけど、それだって、社会の制度次第だろう。『堕胎罪』というのは、子を産むことを強制するだけじゃない。そのあとの女の生きかたも家のなかに束縛する。だからこそ、エルノーみたいな女子学生は、ここで赤ん坊を産むわけにはいかない、と追い込まれる。その法がなければ、反対に、彼女にも赤ん坊を産むという選択肢が生じたかもしれない」

「そうかな」

「だと思うな。一九七〇年代に、フランスで人工妊娠中絶が合法化されてからは、結婚せずに子どもを産む人も多い。世間のありかたも変わるから」

「父をおばあちゃんが産まなかったら、わたしも、ここにいないね」

「だな。……だけど、それだけのことだよ。いずれにしても、いま自分がここにいる、ってところから、考えはじめるほかない。

世界中のいたるところで、生まれ落ちた子どもたちが、なぜここに自分がいるかを考えてきた。その一人として」

「だね……」

風が強くなってきた。焚き火台の炎を揺らし、灰を飛ばしていく。

「さあ、そろそろ、おれは行くよ。今晩と、あしたの朝で、仕事を切りまで片づけなくちゃいけない。

おまえは、もう一泊、ここでキャンプするのか?」

砂浜荘の管理人、五十嵐夫妻はお嬢さんも一緒に連れて戻っておいでなさい、と言ってくれている。だが、それを伝えても、どうせ娘はキャンプを続けると答えるに違いない。だから、いちおう、どうするつもりなのかだけを確かめた。

彼女は、うなずく。

「――そうか。じゃあ、もし何かあれば、電話してくるといい。あしたの昼前ごろ、迎えにくるよ。そのときまでに、テントはたたんで片づけておいてくれ。砂浜荘で、いっしょに昼めしをごちそうになってから、出発しよう。五十嵐さんが、うどんかカレーライスか、何か用意してくれるはずだ」

三崎口の駅まで、ここからは少し距離がある。だが、娘といっしょに歩いてもいいか、と私は考える。そうやって、明るい時間のうちに、鎌倉の家に帰ろう。

iii 『カトリーヌ・ドヌーヴ全仕事』

I

カトリーヌ・ドヌーヴというフランスの映画女優の顔と名前をはっきり認識したのは、一九七三年、小学六年生のときだった。そのころ、私は映画に夢中だった。「ロードショー」「スクリーン」といった映画雑誌に毎月じっくり目を通し、母に小遣いをねだっては繁華街の映画館に一人でせっせと通っていた。

両親が離婚したばかりの時期だった。母としては、新しく始めた息子との二人暮らしに、まだなじみきれずにいたのではないか。当時、母のような勤め人には、土曜日も午前中の勤務があった（子どもにも学校がある）。だから、朝寝坊ができるのは日曜日だけ。その日は、午前中いっぱい、ふとんをかぶって母は眠りつづける。保育園児のころには日曜朝は教会の礼拝に連れていかれたものなのだが、このころになると、母は教会通いも放棄していた。いまから思うと、いくらか鬱傾向だったのだろう。だが、やっとそれに思い至るのは、私自身も離婚経験者となってからのことだった。

ともあれ、小学生の私としては、週末ごとに、ふとんをかぶって狭いアパートの部屋で眠りつづける母の姿というのは、うっとうしい。それに、退屈である。だから、街の映画館に行こうと思いつく。母は、子ども料金の映画館入場料、市電の電車賃、昼食のパン代として、枕元の財布から五百円札一枚といくらかの小銭を引っぱり出して、私に渡し、「おつりは返してね」と言うと、また、ふとんにもぐり込む。初めて一人で出かけたのは、京都の繁華街、三条河原町をすこし下ったところにあるスカラ座という映画館だったのを覚えている。

「モン・パリ」という映画が封切られ、話題になっていた。パリの下町で美容院を営むシングルマザーのイレーヌ（カトリーヌ・ドヌーヴ）と、自動車学校の経営者マルコ（マルチェロ・マストロヤンニ）とのカップルのあいだで、妊娠が生じる。ただし、妊娠したのは、男のマルコのほうだった。――というロマンティック・コメディである。

カトリーヌ・ドヌーヴという名の女優が、「当世一の美人」などと呼ばれて、映画雑誌の人気投票でも絶えず上位に挙がっていることには気づいていた。ただし、小学六年の男子には、洋画の女優のどういう顔が「美人」なのかが、よくわからない。むしろ、私が、この映画で惹きつけられたのは、女手ひとつで美容院を切り盛りしながら、生意気な一人息子を育てるイレーヌのきびきびした明るさだった。マルコという、愉快で優しそうな恋人も、好ましい人物に思われた。

男であるマルコが妊娠する。それが判明しても、イレーヌは、「どうせ子どもはほしかったんだから、どっちから生まれてもいいじゃない？」と意に介さない。息子のルカ（まだ小学生くらい）は、「これこそ、女性解放だね」みたいな茶々を入れていた。

この映画では、人類初の有人月面着陸を成し遂げたアポロ宇宙船の乗組員たちによる「月面歩行《ムーンウォーク》」の映像が、ところどころで挿入される。ずっとのちに知ったのだが、映画「モン・パリ」の原題は、「人類が月面を歩行して以来、もっとも重大な出来事」（*L'événement le plus important depuis que l'homme a marché sur la Lune*）という、ひどく長いものなのである。つまり、人類の月面歩行以来の「重大な出来事」こそが、このたびの「男性による妊娠」なのだ、という次第。

アポロ11号の乗組員たちが初の月面歩行をしたのは、「モン・パリ」公開に四年先だつ一九六九年七月二一日。日本時間では、その日の正午前のことだった。私は、夏休みに入ったばかりの小学二年生で、生中継の映像を学童保育先のテレビで見たのを覚えている。当時、まだ学童保育は制度として確立されておらず、母親たちが直接に行政と掛けあって、地域の保育園

（私もそこを卒園した）の部屋を間借りしていた。「先生」は、アルバイトの大学生たちだった。たぶん、母親同士で、彼らに支払うアルバイト料を頭割りにしていたのではないか。

その次の年、一九七〇年には大阪で万国博覧会が開かれ、「アメリカ館」と呼ばれたパビリオンでは、アポロ12号が地球に持ち帰ってきた「月の石」が、展示の目玉とされていた。そのころは、まだ父もいっしょに暮らしていて、私を万博会場にも連れていってくれた。だが、数時間待ちという「アメリカ館」前の長い行列にはたじろいで、すいているパビリオンをいくつか覗いただけで帰ってきた。家路につくあいだ、暮れかけた空に月が出ていた。宇宙というものが、いまよりずっと身近に感じられている時代だった。

「モン・パリ」でカトリーヌ・ドヌーヴの顔だちを覚える。すると、この顔には、もっと前から見覚えがあったことにも気づいた。

幼時、両親とともに過ごしたころ、私たちは父の実家で祖父母もいっしょに暮らしていた。われわれ親子の居室は、この古い町家の二階にあって、書棚に、表紙がカラー印刷された映画パンフレットが残っていた。身を寄せあうカップルの背後で、夜の石畳の街路が三原色に照り映える。そこに、しゃれたレタリングで（字が読めるようになってみると）「シェルブールの雨傘」と書いてある。あのパンフの若い女性も、同じカトリーヌ・ドヌーヴだったと思いあたった。

両親がこのパンフレットを携えて、楽しげに外出から帰ってきた日のことを、おぼろげに覚えていた。階下の祖父母に私を預けて、彼らは二人で映画を観にいっていたのだろう。私が三歳くらいのときではないか。そのころ、私は毎日、茶の間の白黒テレビで、東京オリンピックの中継を祖母と見ていた。もちろん最初の東京オリンピックのほうである。だから、一九六四年だろう。

「せりふが、全部、歌なの。楽しかった。きれいな色で」

父と笑顔を交わし、パンフレットのカラー表紙を示して、母は言った。それからは、たびたび、映画で流れたらしい曲を鼻先でハミングした。

「きれいな色」の映画というのが、どういうものなのか、そのとき私はわかっていなかった。なぜなら、家のテレビに映る「映画」や「ドラマ」は、すべて白黒の世界だったからだ。

茶の間で、いつも和服の普段着で過ごす祖母の体に寄りかかり、白黒の画面に映るオリンピックの競技を見ていた。――長距離走者の男が、こちらに向かって、懸命の形相で走ってくる。いまにも彼が、画面のなかから、こちらの茶の間に駆け込んできそうに思えて、こわかった。

あれは、競技中の選手を望遠レンズで真正面からとらえる画像が、初めてテレビ中継に導入されたからではないだろうか？

プロ野球も、まだ、デーゲームが主流だった。実況中継の画像は、本塁後方のネット裏から、網目ごしに打者とバッテリーをとらえるものだった。外野のスタンドから高倍率の望遠レンズで打者とバッテリーをとらえる画像に替わるのは、一九七〇年代に入ってからのことであったろう。

最初の東京オリンピックのころ、国会中継で「池田総理大臣」が演説していた姿を覚えている。もう少し経つと、ニュースで「ベトナム戦争」の映像が、たびたび流れるようになった。爆撃を受けたベトナム人の女たち、子どもたちが、ぼろぼろの衣服で、泣きながら裸足で道路をこちらに向かって走ってくる。そんな画像を目にするたび、祖母は、

「おんなじやのにな。日本人とおんなじ顔やのに」

と、泣き出しそうな声を漏らした。

この家は、京都大学に近い住宅地にあった。古びた小さな木造家屋の並びに、八百屋、酒屋、豆腐屋、銭湯、パン屋、駄菓子屋、タバコ屋、美容院、食堂、印刷屋、文房具店などが、漉き込まれたように混じっている。祖父母は、米屋を営んでいた。

私の小学校入学は一九六八年で、そのころ、京大でも学生運動がさかんになった。大きなデモが予定されている日は、小学校の授業も午前中で打ち切られて、集団下校になった。白黒テレビの国会中継で、このころ、たびたび答弁に立っていたのは、黒ぶちの丸メガネの「坂田文

部大臣」だった。

同じころだったろう。両親が、高揚した声で、

「きょうの日曜洋画劇場は『ハエとダイヤモンド』だよ」

と言い交わしていたのを覚えている。

テレビで「映画」を観るときは、部屋の電灯を消し、白黒テレビに向かって神妙に座る。だが、子どもにとって「ハエとダイヤモンド」というのは、妙に重苦しく、わけのわからない映画だった。

一〇代なかばになってから、あれはポーランドの映画監督アンジェイ・ワイダの「灰とダイヤモンド」という映画だったことを知る。「蠅」ではなく、「灰」だった。——第二次世界大戦末、対独レジスタンスとして闘ってきたポーランドの民族主義者の青年たちが、ドイツ降伏後には、新しい占領者となるソ連軍を相手にまわして闘わなければならなくなっていく……。一九五八年の作品。

両親は、六〇年安保へと向かっていく学生時代に、わが身に重ねる心持ちで、この映画を初めて観ていたのだろう。そのことへの懐かしみが彼らに共有されていたのは、確かである。けれども、それは、朽ちずに長持ちするものではなかった。

一度は強く胸を打たれた映画に、歳月を経て出会いなおして、興ざめを覚えることはある。

だが、そうだとしても、最初のときに味わった心のたかぶりまで卑しめてしまう必要はないと、私は思っている。

2

若いころ、私は、映画、美術といった分野のフリーライターを稼業にしていた。小説を書くことに重心を移してからも、これが自分の土壌であることには変わりがない。だから、ときどきは、そこに立ち返った仕事がしたくなる。数年前、『カトリーヌ・ドヌーヴ全仕事』という著作を思いついたときにも、そうだった。

カトリーヌ・ドヌーヴは一九四三年、舞台俳優の両親のあいだに、パリで生まれた。一つ違いの姉フランソワーズ・ドルレアックも、トリュフォーやポランスキーの映画で主演する女優となる（ドルレアックは父方の姓、ドヌーヴは母の旧姓）。カトリーヌ本人は、この両親のあいだに生まれた三人姉妹のまんなかである。さらにもう一人、母が未婚の時代に産んだ異父姉も、いっしょに暮らしていた。裕福な家庭ではなかった。母は結婚して末の娘を産んでからは舞台から引退していたし、父は、娘たちの成長期、主に声優の仕事で家計を支えていた。

初めて映画に出たのは、一三歳のとき。一七歳から本格的に映画女優として働きはじめた。監督ロジェ・ヴァディムと恋仲となり、本来は栗色の髪をブロンドに染めるのはこのときからである。ドヌーヴ自身は、好きだった人の好みに合わせたかった、と言っている。一方、ヴァディムのほうは、ブロンドになった彼女を見て「ちょっと悲しかった」。彼によれば、この女優の持ち前の「辛辣なユーモア」、「冷ややかな外観」、そして、これらと対照をなす「情熱的」なところも一〇代からのものだという。いやだと思ったことには絶対に応じない、きっぱりとした頑固さも。

ヴァディムが監督する「悪徳の栄え」（63年、原題 *Le Vice et la Vertu*〔悪徳と美徳。ドヌーヴが演じたのはマルキ・ド・サド『ジュスティーヌあるいは美徳の不幸』にもとづくジュスティーヌ役〕）に主演。ナチス・ドイツによるパリ占領と解放に舞台を移したもので、観客には不評だった。ドヌーヴは、ヴァディムとのあいだに、未婚のまま息子クリスチャンを産んでいる。このとき、まだ彼女は一九歳で、まもなくヴァディムとの同居は解消した。

ジャック・ドゥミ監督「シェルブールの雨傘」（64年）に主演するのは、クリスチャンを出産した直後である。映画女優として目を開かれるのは、この作品に出たことによると、ドヌーヴは述べている。そのあと、生涯で一度だけの結婚（写真家デヴィッド・ベイリーと）および離婚。さらに、一九七二年には、マルチェロ・マストロヤンニとのあいだに、第二子となる娘キアラを産んでいる。同じくジャック・ドゥミ監督「モン・パリ」でマストロヤンニと共演するのは、キアラを出産した直後のことだった。一九歳年長のマストロヤンニとの生活も、キアラが二歳のときに解消された。

映画監督としてはドゥミを皮切りに、ポランスキー、ブニュエル、トリュフォー、フェレーリ、テシネ、ド・オリヴェイラ、フォン・トリアー、カラックス、オゾン、デプレシャン……と、名だたる名匠たちの作品に出演している。だが、映画女優たるドヌーヴの特徴は、この点にあるのではない。むしろ、彼女は、特定の名監督のアイコンとなることを選ばなかった。シナリオを自分で読み、出たい作品を決めていく。同じタイプの役柄の「繰り返し」に陥ることを避け、リスクを取ってでも、新しい挑戦に前進することを心がけてきたと言う。

ジャック・ドゥミ監督のもとで、彼女は三本のミュージカル映画「シェルブールの雨傘」「ロシュフォールの恋人たち」「ロバと王女」に出演して、すべての作品が大きな成功を収めた。ただし、そこでの歌声は、いずれも、ほかの歌手によって吹き替えられたものだった（「シェルブールの雨傘」は、科白ぜんぶが歌なので、本物のドヌーヴの声は一度も聞くことができない）。ドゥミ監督のもとで四本目の出演作となる「モン・パリ」が、ドヌーヴにとっては、初めて自身の声で全篇を通した作品なのである。この作品で、彼女は製作にも加わった。

さらに、ドゥミ監督は、五本目のドヌーヴ出演作として、ジェラール・ドパルデューと共演するミュージカル映画を企画していた。だが、実現には至らなかった。なぜなら、ドヌーヴは、吹き替えを使うことなく、自分の声で歌いたい、と望んだからである。ドゥミは同意しなかった。

代わって、この時期、ドヌーヴがみずから製作にもあたって出演したのは、ハンガリー出身のラズロ・サボー監督による「恋のモンマルトル」(75年、原題 *Zig-Zig*)。——彼女は、パリの歓楽街の陽気なショーガールとなって、ポールダンスをしながら、自身の歌声を存分に響かせる。

ちなみに、このキャバレーでマリー(ドヌーヴ)とポリーヌ(ベルナデット・ラフォン)の仲良しコンビが持ち歌とする *'Zig-Zig'* というのは「いいことしましょ《ジグジグ》」というくらいの性行為をさす俗語のようだ。スイスに豪華な山荘を建てるという夢を二人は抱いて、より効率よく稼ごうと、店の客たちを相手に自分の体も売っている。ドヌーヴがその後も好んで演じる、くすんだ人間味のある喜劇性が、ここで見事に提示されているように私は感じた。

「三五歳を過ぎると、いわゆる美貌は衰える」、それからは「時間との闘い」となると、彼女は言っている。実際、三〇代後半から五〇歳前後にわたって、スクリーンのなかのドヌーヴの容貌は、ひとかたならぬダイエットの積み重ねをうかがわせ、凄みのある美しさを示す。それは、「世界一の美人女優」としての責任を引き受ける、プロ意識の現われでもあるのではないか。だが、映画人ドヌーヴの関心は、そこだけに終始するのではない。

五〇代なかばごろから、彼女は、それまでとは違った身体像を取りはじめる。彼女の体つきは、豊満になっていく。だが、なおも彼女は年齢相応に、美しい。意識的に、こうした「美貌」のありかたを探っていることがうかがえる。

ドヌーヴは、とても早口な人である。辛辣で、ユーモアがあり、率直な話しぶり。彼女のほかに、誰が、こんなふうにしゃべるだろうか？

一〇代から映画製作の現場で、プロの女優として働いてきた。だから、彼女は、学校でまなんだ人ではない。映画界に身を置きながら、自分で教養を身につけた。流暢な英語を話す。これは、英語圏の映画にも出たいと考え、二〇代のうちに米国に短期留学するなどして身につけたものだった。ただし、典型的なハリウッド映画は、ジャック・レモンと共演する「幸せはパリで」（69年、原題 *The April Fools*）一作に出演しただけで、ビジネス第一の業界の気風にすっかり嫌気がさして、手を引いてしまった。（六年後、もう一度、米国に戻って、ロバート・アルドリッチ監督の傑作「ハッスル」に出演。）

「ダンサー・イン・ザ・ダーク」（00年）への出演のさいは、自分から監督のラース・フォン・トリアーに「わたしにできる役はないか」と英語で手紙を書いて、会いに行った。

つまり、彼女は、単に映画女優というだけでなく、一人の映画人《シネアスト》なのである。街の映画館に出かけて、いろんな映画を観る。中国、韓国、日本など、アジアの映画にも詳しい。撮影現場では、キャスト、クルーに対し、いいものをともに作ろうという気概を示す。

どんな人気女優も、中年に達するにつれて、映画界での仕事は減る。そういう事情もあり、年齢を重ねると、舞台に重心を移す人が多い。劇場の世界では、キャリアがそれなりに尊重されて、映画ほど露骨に人気商売だけの業界ではない。だが、ドヌーヴは、その道を選ばなかった。こういう映画女優は珍しい。中年以後も、映画だけを仕事の現場とした。それでも主演級の役が次つぎに付く女優という、ほかに例のないポジションを切りひらく。

ヘビースモーカー。撮影現場への遅刻も常習。けれど、撮影が始まると、飲み込みが速い。シナリオの狙いを読み取り、その場で、当意即妙な演技をしてみせる。

出演してきた映画は、おそらく一三〇本……いや、もっとか。二〇〇六年の「七月戦争」〔レバノンのイスラム系政治組織ヒズボラとイスラエルのあいだで戦われた〕の直後に、レバノン現地まで出向いて撮られたセミドキュメンタリーもある（08年、*Je veux voir*〔私は見たい〕）。二一世紀に入り、六〇代に達して以降の活躍ぶりは、ことに目覚ましい。フランス映画界に彼女が存在している意味は、ほかの誰によっても代われない。

演技には身体性がある。言葉で説明できなかったものが、彼らの身体を介して、現実に存在するものとなって、目に映る。声の響きを通して、観る者に語りかけてくる。これはどういうことなのか？　古代ギリシアでは、演技は神と人とのあいだに立つ行為とみなされていたようだが。

『カトリーヌ・ドヌーヴ全仕事』。

こんな書名を考えた。

映画女優として、彼女が出演した全作品を取り上げることをめざす。まずは、これが大事である。

判型は、A5判くらい、やや大きめのサイズが、いいのではないか。全体を二部構成にして、第一部を〈全作品の紹介と解説〉、第二部を〈カトリーヌ・ドヌーヴ小伝〉とすれば、どうだろうか。つまり、第一部が映画女優として演じた各論、第二部が彼女のたどった伝記的な通史、という組み立てである。

第一部では——。

出演作は、とりあえず一三〇本と考えてみよう。それぞれの作品について、私が四百字詰め原稿用紙五枚程度で「作品紹介」と「解説」を書き、これにスタッフ、キャスト、公開年などの「基本データ」、スチール写真も添える。すると、一作品につき各四ページ、というところか。でも、それだと、第一部だけで計五二〇ページとなってしまう。ちょっと長すぎる。

ドヌーヴの出演作のなかには、ごく初期の〝ちょい役〟や、高名になってからの〝ごちそう役〟――つまり、かぎられたシーンだけの出演もある。また、いまの目で見れば、それほど重要視しなくていいと思える出演作も。そういうものを厳しくふるいにかけて、一三〇本の出演作のうち半数ほどは、簡単な「作品紹介」と「基本データ」程度にとどめて写真の扱いもやや小さくし、一作品につき見開き二ページで片づける。あとの六五本を主要作品として、こちらだけを各四ページとすればどうか？　こうすれば、計三九〇ページに抑えられ、ページ運びにもメリハリが利くのではないか？

　加えて、ドヌーヴには、テレビドラマへの出演作も、いくらかある。また、セルジュ・ゲンスブールとデュエットしたりして、歌のアルバムも出している。ドビュッシーの演奏会で「ビリティスの歌」を朗読する、クラシック音楽のアルバムもある。著作も、少し。……これらの紹介も交えれば、立体的な展開にできそうだ。

　第二部の〈カトリーヌ・ドヌーヴ小伝〉、ここでは――。

　一九七一年四月、「堕胎罪」が続くフランス社会で、ドヌーヴが《私は堕胎したことがある》という声明に署名して、「避妊手段への自由なアクセス」と「人工妊娠中絶の自由」を求める三四三人の女たちの一人となったことなどにも、触れておくべきだろう。この声明（「ヌーヴェル・オプセルヴァトゥール」誌、同年四月五日号）を起草したのは、シモーヌ・ド・ボーヴォワールだった。

この小伝に、少なくとも原稿用紙一五〇枚くらいは必要だ。すると、文字だけだとしても、七五ページくらいは要るだろう。

つまり、本書全体で、A5判五〇〇ページくらいにはなりそうな大冊である。小説の締切りの合間を縫って、こんなに原稿が書けるのか？　また、たとえ書けたとしても、刊行を引き受けてくれる出版社があるだろうか？

「いいですね。とても、おもしろいと思う」

ありがたいことに、人文系大手出版社の中堅にいる編集者、浅岡良枝さんに企画を話すと、乗り気になってくれた。われわれは、鎌倉駅前の喫茶店にいた。

「――ただ、これだと、相当な数のスチール写真を使わないといけない。貸出しがどこになるか、経費はどうか、そこらへんは代理店にも入ってもらっての相談になるでしょうね。それと、本文ページにカラーの写真を入れるのは経費的に無理だと思うので、カラー口絵のページをべつに作りましょう。本文は、スミ一色ということにして」

「あ、なるほど」

具体的な本の造りについては、編集者の判断を仰ぐしかない。

「ご承知のように、このごろ、ますます本が売れないんです。映画だって、配信で観る時代になって、映画雑誌もすっかり下火で。

だから、製作原価をできるだけ下げておかないと、定価七千円、八千円の本になっちゃって、それだと企画会議を通せませんから。いま、初版部数が下がっているから、どうしても定価が高くなっちゃうんです。でも、定価が三千円台にかかると、なかなか本は買ってもらえない。ここがジレンマで」

「この本も、三千円台になっちゃうかな？」

「無理ですね」

間髪容れずに答えて、浅岡さんは笑った。

「――A5判で、これだけボリュームがあれば、どう頑張っても四千円台でしょう。だけど、それでも読みたいって人は、映画好きとかで、いると思うんです。芸能史とか、現代美術にも関わるところがある。それに、ドヌーヴは新作映画がちょくちょく公開されるのも、宣伝の機会として強みだし。だから、無理にこれよりページ数を減らすより、映画マニアも読みたくなるくらい、中身をしっかりさせておくほうが得策かなと」

「そうあってもらいたいもんだ」

コーヒーカップを持ち上げ、私はうなずく。

大きなガラス張りの窓の外には、晴れた初冬の陽が射し、若者たちが楽しげに言葉を交わしながら、御成通りを歩いていた。あれは、二〇一七年の一二月に入ったばかりのことだったろう。まだ、世界に新型コロナウイルスなど存在せず、マスクも着けずに、大声で軽口を言い交わしながら道を歩けたころだった。

「正直言って、わたし、カトリーヌ・ドヌーヴって、こんなに長い歴史を持つ人だとは知りませんでした」

紅茶のカップにレモンを落とし、しばらく待って、スプーンで取り出す。そして、形のいい唇の端を上げ、浅岡さんは微笑した。

「――たぶん、最初にドヌーヴを観たのは、『ダンサー・イン・ザ・ダーク』かなと。ビョークが働いてる工場の同僚で、目が見えなくなっていく彼女を助けてくれる人でしょう？」

「そうそう」うれしくなって、私はうなずく。「そのころ、あなたはいくつだった？」

「大学に入ってすぐだったかと。一年生。二〇〇〇年ですよね。ビョークが好きだったんです。だから、公開されて、すぐに観にいって。いまくらいの季節だったと思います。

あの映画、ミュージカル仕立てでしょう。ドヌーヴは、中年の女工さんの役なんだけど、すごくきれいで、急にそのままの格好で踊るんですよね。きりっとした顔をして」

あははは、と声をたて、彼女は笑った。

「うん。彼女は、映画のなかで、よく踊るんだ。七〇代のいまでも、ダンスやなんか、ちょろっと踊らされる。彼女の映画を撮ると、そういうシーンを作りたくなるんだね。二〇歳のときの『シェルブールの雨傘』、姉のフランソワーズ・ドルレアックと共演した『ロシュフォールの恋人たち』、そこからいままで続いてくるドヌーヴ像へのオマージュでもあるんじゃないかな」

3

ハーヴェイ・ワインスタインという男がいる。一九五二年生まれ。いや、かつていた、と言うべきか。いまは、監獄に入っている。一九七九年、彼は、弟ボブを誘って、映画配給のミラマックス社を設立した。

同社は、ソダーバーグ監督「セックスと嘘とビデオテープ」(89年)、イタリア映画「イル・ポスティーノ」(94年)など、独立系映画の配給で成功を収めるとともに、製作にも乗り出して、タランティーノ監督「パルプ・フィクション」(94年)、「イングリッシュ・ペイシェント」(96年)、「恋におちたシェイクスピア」(98年)といった大ヒット作を連発、当時の米国映画界に新風を吹き込む躍進を遂げていった。

ハーヴェイ・ワインスタイン自身は、「ハーヴェイ・シザーハンズ」と異名を取るほど、買い付けた作品に容赦なく再編集のハサミを入れることでも知られていた。彼は、有力な民主党支持者で、エイズ基金などへの熱心な支援者でもあった。つまり、ハリウッド的なリベラリズムを体現する、カリスマ的な人物の一人となっていた。

二〇一七年一〇月、「ニューヨーク・タイムズ」の女性記者二人によって、ハーヴェイ・ワインスタインが長年にわたり女優や同社の従業員に対し、セクシャルハラスメント、性的虐待を繰り返してきたとの報道がなされた。これをきっかけに、SNS上などで、セクシャルハラスメント、性的暴行を告発する #MeToo の運動が世界規模のものとなる。フランスでも #BalanceTonPorc（ブタ野郎をチクれ）という、同様の動きが広がる。

年が明けて、二〇一八年一月九日、カトリーヌ・ドヌーヴを含む女性一〇〇名が、《私たちは性的自由に不可欠な「言い寄る」自由を擁護します》という #MeToo 批判の共同声明をフランスの「ル・モンド」紙に掲載し、ただちに日本でも報じられた。私にとっても、『カトリーヌ・ドヌーヴ全仕事』の企画を編集者の浅岡良枝さんに持ちかけたばかりのことで、この偶然に驚いた。いや、必ずしもそれは「偶然」ではないのかもしれないと、不意を突かれる思いがよぎった。

声明は、冒頭、このように述べるものだった。

《レイプは犯罪〔重罪〕である。しかし、執拗、あるいは不器用な女性への「ナンパ行為」は軽犯罪ではなく、ギャラントリー〔女性の気持ちを惹くための口説きや行為〕も男性優位主義の襲撃行為ではない。

ワインスタイン事件後、とりわけ職業的な関係において、権力を濫用する男性たちがふるう女性への性暴力について、正当な意識化がなされた。それは必要なことだった。だが、この言葉の解放は今日、その逆のものに反転している。（中略）》

ワインスタインの事件報道をきっかけに、権力を握る男性による女性への性暴力が許されるものではないという意識化が進んだ。だが、いまでは、その運動による「善」の独占が行き過ぎて、ある種の「ピューリタニズム」に行きついてしまっている——と、この声明は述べる。

《……実際のところ、#MeToo運動は報道とソーシャルメディアにおいて、密告と公然の告発を引き起こした。告発された人々は、反駁や自己弁護の機会を与えられず、性暴力の加害者とまったく同じ次元に置かれたのである。こうした性急な裁きは、すでに被害者を出している。辞職を余儀なくされるなど、職業面で処罰された男性たちである。彼らが犯した過ちは、単に膝に触れたとか、不意をついてキスしようとしたとか、職業上のディナーで「親密な」事柄の話をしたとか、自分と違ってその気になっていない女性に性的な含意があるメッセージを送った、といったことだけなのに。（中略）》

この「性急な裁き」の風潮が、個人の自由、とりわけ、表現に対する検閲に結びつき、全体主義を招きかねない、と懸念する。

《……押し寄せる浄化の波は、際限がないかのようだ。ある場所ではポスターに採用されたエゴン・シーレの裸体画が検閲され、別の場所では幼児性愛を称賛しているとしてバルテュスの絵の展示撤回を美術館が要求される。作家と作品が混同される中、人々はシネマテークにロマン・ポランスキー監督の回顧特集の禁止を求め、ジャン＝クロード・ブリソー監督の回顧特集を延期させる。（中略）》

また、性をめぐる欲求は、単純化しがたい多元性を帯びたものであることにも、注意を促す。

《……私たちは今日、性的衝動は生まれつき攻撃的で乱暴であることを十分に警告されて知っている。しかし、同時に私たちは、不器用なナンパと性暴力を混同したりしない十分な洞察力を備えてもいる。とりわけ、人間が一枚岩でできているのではないと、よくわかっている。同じ女性が一日のうちに、職業面でチームリーダーを務める一方、男性の性的オブジェとして快感を味わったとしても、彼女は「ビッチ」でも、家父長制の卑しい共犯者でもない。（中略）》

「女」であることを「犠牲者」の立場に固定化するべきではないと、この声明は、重ねて強調する。

《……権力の濫用の告発を超えて、男性とセクシャリティを憎悪する形をとる、この種のフェミニズムに、私たちは女性として共感できない。また、この「言い寄る」自由に対して、獲物の役割に閉じこもるのではない形で応答するべきだと思う。

子どもをもつことを選んだ女性たちに関しては、娘たちが脅かされたり罪悪感を持ったりせず、満足がいく人生を生きられるように、十分に物事を知らされ、しっかりした意識をもてるように育てるのが適切だと考える。（中略）》

そして、このように締めくくる。

《……私たちが愛するこの自由は、危険と責任を伴うのである。》

この声明の起草者は、サラ・シシュ（作家、臨床心理士、精神分析医）、カトリーヌ・ミエ（美術評論家、作家）、カトリーヌ・ロブ＝グリエ（女優、作家）、ペギー・サストル（作家、ジャーナリスト、翻訳家）、アブヌス・シャルマニ（作家、ジャーナリスト）。

賛同者として名を連ねる人びとのなかにも、世界的な映画スターとして知られるカトリーヌ・ドヌーヴ以外は、海外にまでインパクトをもたらしそうな名前はない。つまり、この声明が世界中のメディアによって一斉に報じられたことには、ドヌーヴがこれに賛同していることへの驚きが、それだけ大きく作用したということだろう。

これについては、その後の報道で、およそ次のような経緯が明らかになっている。

起草者のシシュ、ミエ、サストルは、この共同声明への世間の注目度を高めるためにも、まずドヌーヴに賛同を求めたいと考えた。なぜなら、ドヌーヴは、前年秋に、フランスでの#BalanceTonPorc運動について「最善の方法だとは思わない」と、すでに懐疑的な意見を述べていたからである（「レクスプレス」誌、二〇一七年一〇月二七日号）。だが、起草者たちの誰もドヌーヴとは付き合いがなく、私的な連絡方法もわからなかった。声明文発表の前日、やっとミエがドヌーヴのメールアドレスを手に入れた。電子メールで署名を求めると、すぐに、ドヌーヴは応じた。

このような経緯を経て、共同声明《私たちは性的自由に不可欠な「言い寄る」自由を擁護します》は、二〇一八年一月九日、「ル・モンド」紙に掲載される。すると、ただちに、これに対する批判も猛烈に湧き上がった。

私自身は、この声明についての報に接したとき、#MeToo 運動が独善的な「ピューリタニズム」を帯びかねないのではないか、との指摘には、同感できるところがあるように思った。けれど、同時に、この声明が立脚する事実関係の把握のしかたが、果たして、これでいいのだろうか、との不安も覚えた。

ワインスタインが配下の従業員や女優らに繰り返していた性的虐待は、「言い寄る」とか「ギャラントリー」とかいったものではなかった。職務上の用件があるとして、ホテルの自分のスイートルームに相手を呼び寄せ、自分は裸体にバスローブ姿でベッドのなかで待っている。そして、「マッサージ」を執拗に求めて、さらに暴行に及ぶ。これは、「不器用な『ナンパ』」ではない。また、職務上の必要として部屋に呼ばれて、雇用関係にある者が、それを拒むのは難しい（プロデューサーと出演女優のあいだの関係も、これに近いところがあるのではないか）。それを落ち度とみなして、彼女たちの「危険と責任」に帰することはできない。これは、彼女たちが「自由」な状況で生じた事態ではないのである。

ドヌーヴたちが名前を連ねた《私たちは性的自由に不可欠な「言い寄る」自由を擁護します》の声明は、ワインスタイン事件そのものに対するものではなかった。だが、そこにおいても、#MeToo運動が告発しようとしたものの実態を、軽く見積もりすぎているところはないだろうか？　その疑念を打ち消しきれずにいる。

《……「言い寄る」自由を擁護します》声明の起草者・賛同者に名を連ねる女性たちは、その多くが、かねて、性行動をめぐってはリバタリアンとしての立場を鮮明にしてきた、いわば文化エリートに属する人たちであるようだ。それゆえにこそ、#MeToo運動の基層をなす、ごく大衆的な被雇用者の立場に置かれる女性たちの状況を、うまく想像できずにいるところがあるのではないか。

共同声明《……「言い寄る」自由を擁護します》の発表から三日後、「リベラシオン」紙は、カトリーヌ・ドヌーヴに取材を申し入れる。声明に対して相次ぐ批判に、どんな思いを持つか、考えを聞かせてほしい、というものだった。電話での記者との会話で、ドヌーヴは、――じゃあ、書簡というかたちで、自分の考えを書きましょう――というふうに答えている。わずか二日後、同年一月一四日に、ドヌーヴからの回答となる書簡は「リベラシオン」紙の電子版に掲載される。

《カトリーヌ・ドヌーヴ「このテキストの中で、ハラスメントに良い面があると主張する部分はどこにもない。もしそうであったら、私は署名しなかった。」》

との大見出しである。以下、書簡の全文――。

《たしかに私は、「ル・モンド」紙の「私たちは『言い寄る』自由を……」と題された声明に署名した。この声明は多くの反響を引き起こしたので、より正確な説明が必要となった。

そう、私は自由を愛する。審判や裁量、糾弾をする権利が各自にあると考える今の時代のありかたを、私は愛せない。ソーシャルメディアで告発されただけで、処罰、辞職、時にしばしばメディアによるリンチが引き起こされる時代。デジタル技術で映画から俳優が消され、三〇年前にお尻に触れたことで、正式な手続きも踏まずにニューヨークの重要な機構の所長が辞職させられる。私は、何も赦してはいない。私には資格がないから、それらの男性たちに罪があるかどうか、裁断を下さない。その資格がある人は、ほとんどいないのだ。

いいえ、今日あまりに陳腐になった、この猟犬じみた社会現象を私は愛さない。それゆえ#BalanceTonPorc に対して、私は〔昨年〕一〇月から慎重だった。

そうした振る舞いに及びがちな男性が女性よりずっと多いことを、私は無邪気ではないからわかっている。しかし、このハッシュタグが密告の勧めではないと、どうして言えるだろうか？　マニピュレーション〔心理的操作〕や卑劣な企みに使われることはないと、誰が保証してくれるだろうか？　無実な人たちが自殺することはないと？　私たちは「ブタ」〔男性への侮蔑語〕や「ビッチ」〔女性への侮蔑語〕なしに、一緒に生きるべきなのだ。そして白状すると、この「私たちは『言い寄る』自由を……」のテキストを完璧とは思わなかったが、力強いと私は感じた。

そう、私はこの声明に署名した。しかし、署名した女性たちの中に、声明の理念そのものを歪曲させて勝手にメディアで吹聴する人がいるので、そうしたやり方には同意できないと、今日、私は強調する必要を断固として感じている。テレビ番組で、レイプの最中にオーガスムに達することができると言うなど、この重罪の被害にあった女性たち全員の顔につばを吐くよりひどいことだ〔署名者の一人、元ポルノ女優のブリジット・ラエが討論番組で「レイプの最中にオーガスムに達することができる」と発言したことをさす〕。この発言は、力ずくで破壊的な行動に出てセクシャリティを使うことに慣れている人々に、被害者が性的快感を得られることもあるなら、レイプはそれほど重大なことではないと思わせてしまう。それだけではない。他の人たちも関わっているマニフェストに共同で署名するときは、自分だけの勝手な言いぐさに他の人たちを巻き込まないように自制するべきである。それは卑しい行為だ。そして、もちろん、このテキストの中で、ハラスメントに良い面があると主張する部分はどこにもない。もしそうであったら、

私は署名しなかった。》

この共同声明は、急ごしらえの寄り合い所帯で発された。署名者たちの全般的な傾向としては、性表現、性行動に関して、急進的なリバタリアニズムに立ってきた論者が多かった。仔細に見るなら、起草者の一人、ペギー・サストルは、性について生物学的解釈を展開し、反フェミニズムの姿勢を取っている。賛同者となった月刊誌編集長エリザベート・レヴィは、極右に近い論調の持ち主だった。また、起草者に加わるアブヌス・シャルマニは、イランのテヘラン生まれで、幼時に両親とともに、イスラム教の宗教指導者ホメイニ師による政権から逃れて、フランスに亡命した。彼女は、そうした経験から、ヴェールを着用する女性がフェミニストを自称することへの憤りを述べる。

これら文化エリート層の多くには、移民系、低所得者層におけるセクシズムには厳しい姿勢で批判を向けつつ、自分たちが形成するハイブラウな文化的共同体においては性についての極端なまでのリバタリアニズムを取る、という傾向が目につく。つまり、#MeToo のような大衆的な動きには「モブ（群衆）」による無秩序を見て警戒を向けるが、彼女らの論調自体には、むしろ「ブルジョワ的白人フェミニズム」とも評される特権的な急進性《ラディカリズム》に立つ面がある。

ただし、起草者の一人となったサラ・シシュは、共同声明の発表後まもなく、賛同者のうち少なからぬ人びとが反動的な言動を強めるのを見て、この運動から距離をとる。ドヌーヴの書簡も、こうした寄り合い所帯に、無造作に加わったことへの反省と戸惑いをにじませる。

《――私は一七歳の時から女優である。露骨な〔セクハラの〕状況を目撃したとか、映画監督たちが卑怯にも自分の権力を濫用したのを他の女優から聞いて知っていると、私は言うこともできる。ただ、彼女たちの代わりに私が言うべきことではない。トラウマになる耐えられない状況を生むのは、いつでも権力、ヒエラルキー上の位置、あるいは支配の形態である。雇用を失う危険なしに、また、侮辱と下劣な嘲弄を受けることなくノンと言うことができないときに、罠に捉えられる。したがって私は、問題の解決法は、子どもたち、男の子と女の子両性を教育することから見つかると思う。しかしまた、場合によっては、ハラスメントが起きたら直ちに告訴をもたらすという規定を、企業内でつくる方法もあるだろう。私は司法を信じる。》

ここでドヌーヴは、「雇用を失う危険」なしに「ノン」と言うことが許されない「支配の形態」が、セクシャルハラスメントの土壌をなしていると、事態を正面からとらえ返す。さらに「問題の解決法は、子どもたち、男の子と女の子両性を教育することから見つかると思う」とも述べる。これは、《私たちは「言い寄る」自由を……》の声明が「娘たち」の教育だけを求めたのと対照をなしている。ドヌーヴは、そうした声明の見解が不十分だったと考えなおして、「男の子と女の子両性を教育する」ことが必要だと、あえて強調したのだろう。責任は、むろん、「娘たち」だけにあるのではない。

加えて、セクシャルハラスメントについて、司法に訴える規定を企業内に設けることも提言した上で、「私は司法を信じる」。このメッセージも重要だ。際限のない批難の応酬、「メディアによるリンチ」を抑制して、問題に着地点を求めるには、まどろっこしくとも、「司法」という中立的な機関を介在させる仕組みを構築していく努力を払うべきだ、ということだろう。

《——最後に、このテキストに署名したのは、私にとって主要な次の理由からだ。芸術における浄化の危険である。プレイヤード叢書のサド侯爵を人々は焚書するようになるのか？　レオナルド・ダ・ヴィンチを幼児性愛のアーティストだと決めつけ、彼の絵を消し去るのだろうか？　美術館からゴーギャンの絵を取り外すだろうか？　エゴン・シーレのデッサンを破壊するのか？　フィル・スペクター〔ビートルズなどのプロデューサー。暴力的な奇行の常習者としても知られ、殺人事件による服役期間中に死去した〕がプロデュースしたレコードを発禁にするのだろうか？

この検閲の風潮に私は声を失い、自分たちの社会の未来に不安を抱いてしまう。

私は時に、フェミニストでないと批判されてきた。シモーヌ・ド・ボーヴォワールが書いた「私は堕胎したことがある」というマニフェストに私は署名し、マルグリット・デュラスやフランソワーズ・サガンと共に「三四三人のあばずれ」の一人だったことを、思い起こしてもらわなくてはならないのだろうか？　当時、中絶は刑事告訴されて禁錮刑になる犯罪だった。だから、戦略的に私への支持を表明した、あらゆる種類の保守主義者、レイシスト、伝統主義者に向かって、私は騙されてはいないと言いたい。彼らに私は感謝の意も友情も決して持たない、その反対である。私は自由な女性であり、今後も自由であり続けるだろう。憎むべき行為を受け、「ル・モンド」紙に載った声明に攻撃されたと感じたかもしれない全ての被害女性に、私は友愛をこめて敬意を表する。彼女たちに対して、そして彼女たちだけに私は謝罪する。誠意をこめて。》

半世紀前の一九七一年四月、《私は堕胎したことがある》という大見出しのマニフェストを、三四三人の女たちが「ヌーヴェル・オプセルヴァトゥール」誌に掲げた。

《フランスでは毎年、一〇〇万人の女性が堕胎する。

医学的な管理のもとでなら、この手術は非常に簡単なものなのに、女性たちはやむなくもぐりでやらなくてはならないために、危険な環境でこの行為を行なっている。

これら何百万人もの女性たちについて、みんな口をつぐむ。

私は、自分が彼女たちのひとりであると宣言する。私は堕胎したことがある。

私たちは、避妊手段への自由なアクセスを求めるのと同様に、人工妊娠中絶の自由を求める。》

風刺を売りものとする「シャルリ・エブド」紙は、これを受け、「三四三人のあばずれ女たちを妊娠させたのはいったい誰だろう？」という見出しを掲げた。この毒舌は、マニフェストに署名した当の女たちをおもしろがらせるとともに、社会への訴求力をさらに高めることにも貢献した。

ちなみに、この「三四三人のあばずれ」には、のちに「恋のモンマルトル」で、ドヌーヴとショーガールのコンビを組んで*'Zig-Zig'*をいっしょに歌うベルナデット・ラフォンも名前を連ねている。彼女は、一〇代のころからトリュフォーの映画に出演し、ヌーヴェル・ヴァーグの担い手となる若い娘たちの一人だった。

4

一九六四年に公開されたジャック・ドゥミ監督による「シェルブールの雨傘」は、斬新で美しいミュージカル映画だった。同時に、ロマンティックな悲恋の物語は、当時のアルジェリア戦争〔宗主国フランスと植民地アルジェリアのあいだで戦われた独立戦争、一九五四〜六二年〕と堕胎罪を背景にするものでもあった。

――ノルマンディの港町シェルブールで、自動車整備工のギイ（ニーノ・カステルヌオーヴォ）と雨傘屋の娘ジュヌヴィエーヴ（ドヌーヴ）が恋に落ちる。時はアルジェリア戦争のさなかで、ギイは二年間の兵役に取られて、これから兵士として戦地に向かわなければならない。出征の前夜に二人は結ばれ、残されたジュヌヴィエーヴは、やがて自分が妊娠していることに気づいた。

戦地のギイからの手紙はめったに届かず、ジュヌヴィエーヴには不安がつのる。母が女手ひとつで営む雨傘屋の商売が不調なことも、心配の種となる。やがて、戦場のギイから、ジュヌヴィエーヴの妊娠を喜ぶ手紙が届く。生まれてくる赤ん坊の名前は、女の子だったらフランソワーズ、男の子だったらフランソワ――無事に帰還して、幸せな家庭を営むことを夢見る文面だった。

それでも、ジュヌヴィエーヴの不安はさらに深まる。そして、生まれてくる赤ん坊をいっしょに育てようと求婚する宝石商ローラン・カサールへと、気持ちが傾きはじめる。ついに彼女はローランとの結婚に応じて、パリに引っ越す。母親も雨傘屋を店じまいして、彼らの後を追う。

一方、ギイは負傷して除隊となり、故郷シェルブールに帰還した。だが、ジュヌヴィエーヴはもうおらず、彼の暮らしは荒れる。幼なじみのマドレーヌが何かと支えてくれていたが、とうとう彼女からも「いまのあなたは嫌い」と申し渡される。ギイは、これで一念発起して働きだし、やがてガソリンスタンドを始めて、ついにマドレーヌと結婚する。

……そうやって、四年ほどの歳月が流れ、アルジェリアが独立を遂げるかたちで、戦争も終わっている。

一九六三年、雪のクリスマスの夕暮れどき、シェルブールで。妻マドレーヌと息子フランソワが買い物に出ているあいだに、ギイのガソリンスタンドに一台のクルマが入ってくる。運転席にいるのは、上等な毛皮のコートに身を包むジュヌヴィエーヴ。助手席には、五歳くらいの女の子が乗っている。ギイも、その客がジュヌヴィエーヴだと気づく。給油のあいだ、事務所で二人は短く言葉を交わす。車内に残している娘の名前はフランソワーズだと、ジュヌヴィエーヴは話して、「会ってみる？」とギイに訊く。だが、彼は首を振り、「給油が終わったようだ」と告げて、その車を送り出す……。

この映画を初めて観たとき、ギイと愛しあい、結婚を約束して妊娠もしながら、なぜジュヌヴィエーヴが、彼の戦場からの帰還を待ちきれず、べつの結婚相手を選ぼうとするのか、わからなかった。ただ、彼女の思慮の浅さについての悲劇であるように思えた。だが、当時の時代状況を踏まえて考えるなら、彼女は、恋人の徴兵と堕胎罪の挟み撃ちに遭っている。ギイの戦場からの帰還は、無事に過ぎたとしても、二年先になる。それまでは、世間の冷たい風にさらされ、未婚の「母子家庭」として生き延びていくしかない。母にも、経済的な助力は望めない。

もし、堕胎罪がなければ、若いジュヌヴィエーヴには、いったん中絶手術を受けてギイの帰還を待ち、二人で結婚生活を始めてから子どもはもうけよう、という選択肢もありえた。また反対に、そうした選択肢と比較考量した上で、このまま妊娠中の子どもを産もう、と、みずから決心を下せたかもわからない。

いずれにせよ、「堕胎罪」の存在は、選択の余地をジュヌヴィエーヴから奪う。つまり、女性から、主体的な生き方自体を奪っていたということだろう。それが、彼女の心持ちをいっそう寄る辺ないものにした。

ただし、当時二〇歳のカトリーヌ・ドヌーヴ自身は、ジュヌヴィエーヴという役柄のようには生きていない。映画監督ロジェ・ヴァディムとのあいだの息子クリスチャンを未婚のまま産んだ上で、この「シェルブールの雨傘」の撮影にのぞんでいる。彼女は「産まない」権利を求めるよりも、「産む」権利を行使した。「離婚があるなら、結婚には意味がない」とも言った。

それからおよそ半世紀後の今日にも、同性カップルの権利促進を支持しながら、「結婚制度そのものが時代遅れ」と言明している。彼女自身は、つねに肯定的に自由を行使し、そのスタンスを変えることがない。

こうしたドヌーヴの道程も、『カトリーヌ・ドヌーヴ全仕事』の第二部〈小伝〉で、かいつまんで言及しなければならなくなるだろう。

カトリーヌ・ドヌーヴという映画女優がとりわけ輝かしく見えるのは、私には、二一世紀に入って、彼女が六〇代に達してからの仕事ぶりである。

自分勝手、すれっからしで、それでも、生き生きとした感情の動きをたもつ中年以後の女性像が、自在に演じられていく。両親ゆずりの早口が、役柄に軽みをもたらしているのではないかと、当人は言う。眉の動き、そして、小肥りになった体型を上手に使う。この年代の女たちが、ようやく手にする人生に対するユーモアに、それは通じて見えてくる。この闊達さが、シリアスなドラマを演じるときにも、作品に活気を吹き込む。

《私たちは「言い寄る」自由を……》の共同声明にドヌーヴたちが名前を連ねたとき、フェミニストたちから、さまざまな反論が寄せられた。その一つは、――ドヌーヴらは #MeToo 運動の「行き過ぎ」を批判するが、現実のフランスでは、ワインスタイン事件後も、米国ほど性暴力・セクハラ男性への「処罰」は行なわれていないままだ、というものだった。

フランスでは女性を標的とした「フェミニシッド」と呼ばれる憎悪殺人が、毎年一〇〇件以上に達している。内訳では、女性が別離を決めたあとや、嫉妬によるものが多い。つまり、「恋愛」好きのお国柄には、反面、「熱愛」のあまり妻や恋人を殺してしまう、という独りよがりをいまだに許容しがちな社会が隠されている。つまり、ここには、家父長主義的支配の強さが反映している、というのである。

二〇一〇年代に入っても、国の暴力監視局による女性たちに対するアンケート調査で、「一年以内にレイプかその未遂を受けた」と答える女性が、年平均で約九四〇〇人。これに対する告訴数は、五分の一以下にすぎない。そのうち、有罪判決が下るのは一割に満たない。レイプやドメスティックバイオレンスの訴えを警察が真剣に取り上げず、裁判所も原告の訴えを矮小化する傾向が強い。


ドヌーヴが出演した映画に、若手女性監督のジュリー・ロペス＝クルヴァルによる「隠された日記――母たち、娘たち」（09年、原題 *Mères et filles*）という作品がある。

祖母、母、娘、という三代の女たちによる「自立」をめぐる物語である。

――娘オドレイが、海外から、フランス南西部の田舎町に帰省する。母マルティーヌ（ドヌーヴ）はこの町で開業医をしているが、海辺にある生家には寄りつかない。オドレイは、亡き祖父母が暮らしていた、その海辺の空き家にしばらく一人で滞在することにする。瀟洒な造りで、祖父母が若い時代に暮らしたころは、モダンな住まいだったことがわかる。その家の台所で、オドレイは、祖母ルイーズが手書きしたらしいレシピ集を見つける。凝った料理の作り方のあいまに、日々の祖母の思いなども書き付けられている。

　祖父はこの町で、洒落た服飾店を営み、妻子たちにも贅沢な生活を送らせる家庭人だった。だが、祖母ルイーズは、これとは違うことを望んでいた。外の世界に出て、自分で職業を持ち、自立したかった。なのに、夫はそれを許さず、自分の妻には、家庭にいて、美しい衣服を身につけ、最先端のキッチンで素敵な食事を用意してくれることだけ、望んでいる。ルイーズは、それでも、外の世界に出ていきたいという願いをレシピの傍らに書き付ける。そして、娘マルティーヌには、自立して社会で働く女性になってほしいという望みも。ついに、ルイーズは、この家を出て都会で働くという決心まで、ここに書き記すに至っていた。

　一方、娘マルティーヌは、母親が望んだように、長じて開業医という自立した職業を持つ女性になった。だが、なぜ、母親ルイーズが、幼い自分たちを家に残したまま、失踪してしまったのか、わだかまりを消せずにいる。だから、幼時の記憶に、あえて蓋をしたまま過ごしてきた。そのことがわざわいし、自分の娘オドレイとも、うまく感情を交わせない。けれど、オドレイが、祖母ルイーズのレシピ集を発見したことで、隠されてきた真相が現われてくる。良き家庭人であったはずの祖父ジルは、ついに妻のルイーズが家を出ていこうとしたとき、それを許すことができずに殺してしまったらしいのだ……。

一九七二年生まれの女性監督ロペス＝クルヴァルが、自身の母親の世代が少女時代をすごした一九五〇年代を舞台に、どうしてこうした「フェミニシッド」を結末とする作品を撮ろうとしたかは、わからない。だが、彼女は、この作品の題名を当初 *La Cuisine*（台所）と考えていたと述べている。この場所に始まる、三世代にわたる女たちの「自立」をめぐる物語なのである。

また、「女神よ、銃を撃て」（17年、原題 *Tout nous sépare*〔すべてがわれわれを分け隔てる〕、ティエリー・クリファ監督）は、南仏の港町セートを舞台に、マグレブ系のチンピラ青年らと、彼らの犯罪に巻き込まれ、抜き差しならなくなっていく母娘（ドヌーヴ、ダイアン・クルーガー）を描く。相手役を演じるのは、人気ラッパーのネクフ。原題にあるように、住民間の所得格差、人種・民族的な対立感情、言語の壁、薬物依存、犯罪組織がもたらす支配関係……。現在では、これらすべてが社会の分断を促し、かつてフランス国旗が象徴したはずの「自由・平等・博愛」など、見る影もない。その風光が、この小さな港町の広がりとなって見えてくる。

こうした作風の映画への出演を、ドヌーヴはみずからシナリオを読み、監督のキャリアや知名度などにはほとんどこだわりを見せずに、決めていく。これは、同時代の映画作品をよほど広く観ていないと、できることではないだろう。彼女自身が、一人の映画狂《シネフィル》なのだ。

ゴリラとドヌーヴがベッドインする作品もある（15年、「神様メール」、原題 *Le Tout Nouveau Testament*〔さらに新しい新約聖書〕）。いわばパンクな選択眼。控えめに見ても、アナーキーなほどリベラルな傾向である。

映画製作者たちは、ドヌーヴのような出演者が存在することを通して、力強い励ましを受ける。女優という立場を越え、彼女は一人の映画人として、この世界へのコミットを続ける。ティーンエイジャーの時期から、七〇代後半まで、これほど切れ目なく、第一線で作品を生みつづけている表現者は、ほかに現役ではボブ・ディランくらいか？　いや、私が生まれたとき、まだボブ・ディランのレコード盤は、この世に存在していなかった。だが、カトリーヌ・ドヌーヴはすでにスクリーンのなかに立っていた。

そうそう……。ほかにも、もう一人、切れ目なく作品発表を続ける表現者を挙げることができる。映画監督のロマン・ポランスキー。

ポーランド系ユダヤ人の彼は、一九三三年、パリで生まれた。幼少期、両親とともにポーランドに戻ったところ、ナチス・ドイツによる占領が行なわれ、母親は強制収容所で殺害された。生きのびたポランスキー自身は、戦後、一九五〇年代のポーランドで、アンジェイ・ワイダ監督の作品に俳優として出演し、かたわら、自分でも短篇映画を撮りはじめた。長篇第一作が「水の中のナイフ」(62年)。

次に英国で、長篇第二作として撮ったのが、カトリーヌ・ドヌーヴ主演の「反撥」だった(65年)。ポランスキー当人は、低製作費のホラー映画として請け負った本作をキャリア上の〝汚点〟のように語っているが、そんなことはない。ロンドンの日常の街頭風景と、若い女性の心理的な衝迫を、詩的映像、ヒッチコックばりのサイコホラー、もっとチープな恐怖映画の手法もまじえながら、継ぎ目なしに行き来していくところに、彼独特の才気が現われている。

さらに米国に渡って、「ローズマリーの赤ちゃん」(68年)で評価を不動のものとする。だが、私生活では、妻で妊娠中だった女優シャロン・テートが、カルト集団によって惨殺されるという不幸に見舞われる。そこからも再起し、「チャイナタウン」(74年)、「テス」(79年)、「戦場のピアニスト」(02年)など、現在に至るまで、途切れずに作品を発表しつづける。

だが、一方、ポランスキーは、米国滞在中の一九七七年、一三歳の少女に法定強姦(性的同意年齢に満たない相手との性行為)を行なったかどで逮捕される。容疑を認め、司法取引に同意したが、裁判所がこれを無視して実刑を下す姿勢を示したことから、ヨーロッパに脱出した。

その後、ポランスキーは、この被害女性に対して謝罪と賠償を行ない、女性の側からも和解の意向が示された。しかし、米国の司法当局は訴追を取り下げておらず、今日まで立件された状態が続いている。また、ほかにも彼から受けた性的被害の告発が続いたこともあり、フェミニストらからの糾弾の動きは収まらない。二〇一七年一月、ポランスキーは、フランスのセザール賞の審査委員長を辞退。一八年五月には、米国の映画芸術科学アカデミー（アカデミー賞の選考・授与などを行なう）が彼を除名した。ドヌーヴたちによる《私たちは「言い寄る」自由を……》の共同声明（一八年一月）がフェミニストたちから批判され、まだ、その残り火がくすぶるなかでのことだった。同じ一八年五月中に、ハーヴェイ・ワインスタインも、女性二名に対する事件について、強姦、犯罪的性行為、性的虐待、性的不法行為の容疑で逮捕、起訴されている。

ポランスキーほど、長期間にわたって独創性とタフネスを保ちつづけてこられた映画監督は、ほかにほとんど例を見ない。ドヌーヴには、そのことがよくわかっている。また、一度は過ちを犯した者が、どのように前非をつぐない、再起をはかるべきか、という問題の所在についても。さらには、人間はしばしばまちがいをおかす、いったい誰が、それをいかなるルールのもとで裁くことができるのか、という問いもある。

いや、こう書いてくると、さらにもう一人、とてつもなく長期間にわたって作品を残しつづける映画監督がいることが思いだされる。一九三〇年生まれのジャン＝リュック・ゴダールである。また同時に、おなじフランスの映画界に生きながら、カトリーヌ・ドヌーヴが、ゴダールの作品には一度も出演していないことにも、改めて気づかされる。

ドヌーヴは一九六九年、ゴダールと並ぶヌーヴェル・ヴァーグの旗手、トリュフォーの「暗くなるまでこの恋を」（原題 *La Sirène du Mississippi*〔ミシシッピの人魚／映画の原作とされたウィリアム・アイリッシュの小説『暗闇へのワルツ』の仏訳題〕）で、ジャン＝ポール・ベルモンドと共演している。パリの学生たちによる「五月革命」（一九六八年）を経て、政治的な急進主義への関与を深めていたゴダールは、このとき盟友トリュフォーに対して「ベルモンドとドヌーヴという二大スターを起用して、カラー・シネマスコープで、ハリウッドめいたブルジョワ映画をつくるとは何事か」と悪罵を放つ。トリュフォーは、これに対して、何も言い返さなかったと言われている。この件が、長く親友として過ごした監督二人が決裂する分岐点となった。トリュフォーとドヌーヴは、そのころ恋仲で同居していた。

のちに、当時のことを訊かれてトリュフォーは述べている。

「『五月革命』以後流行の異議申し立ての思想というのは、どうもわたしの性に合わないのです。たぶん、それは、わたしが独学で、いわば手さぐりで知識や教養を一つひとつ身につけてきたので、そうしたすべてを急激に一挙に否定したり廃棄したりしてしまうことに耐えられないからです。」

5

子どものころ、映画は、街の映画館で観るものだった。テレビで「吹き替え」によって放映される洋画を除けば、誰もが街に出向いて、映画を観ていた。街の路面で、映画は、この世界の広がりに続いていくものだった。

館内のホールの扉を開くと、闇がある。ずっと奥のスクリーンで、光がちらちら動いている。映画館には、「封切り館」「二番館」「三番館」、そして「名画座」といった区別がある。「封切り館」は、ロードショー上映専門で、大きなスクリーン、広い客席、入場料は最も高いが、掃除も行き届き、立派な造りの建物である。ロードショーの期間が終わると、映画のフィルムは「二番館」、さらに「三番館」へと回っていく。

こうした館では、入場料が安くなる。ただし、そのぶん、スクリーンや客席の規模も小さい。そして、二本立て、三本立てという上映形態となる。建物は、くすんで古く、スクリーンの両脇に「禁煙」という赤いランプが灯る。観客たちは、それを無視して、たばこを吸いながら映画を観ている。客席後方の映写室から、映写機の光が、スクリーンに向かって投映されている。光の帯が、場内で漂うたばこの煙に当たり、オーロラのように揺れていた。

「名画座」は、さらに古い映画を復活《リバイバル》させて上映する。「モロッコ」とか「カサブランカ」といった白黒映画などは、そういう映画館で観た。三番館あたりが、ときどき特集形式の三本立て企画を組んで、名画座の役割を兼ねもした。市民や学生らの映画サークルなどが催す上映会でも、映画館ではかかりにくいジャンルの作品がしばしば上映されていた。

つまり、映画をたくさん観ることとは、こうした場数を自分のなかに蓄積していくことだった。多くの作品を観るには、長い歳月を生きている必要があった。映画とは、そういうものだった。

大学生のとき、レンタルレコード店ができた。一九八〇年代に入ったころである。だが、映画を観るためのレンタルビデオ店ができるのは、家庭にビデオデッキが普及してからのことで、もう少しあとである。私が大学を卒業し、東京で働きはじめてから、一九八〇年代後半のことだったろう。

当初は、個人経営の小さな店で、映画のセルビデオを貸し出していた。やがて、レンタル専用のビデオソフトを貸し出すことで、レンタル店が配給会社にロイヤルティを支払う方式が確立されて、レンタルビデオのチェーン化、大型店舗化が進んだ。だが、これにより、レンタルされる映画作品のバラエティは、かえってずいぶん狭まった。

セルビデオは、マニアックな映画好きに向けて発売されていたので、単価は高いが、古い作品、マイナーな作品などにも行き届いた品揃えになっていた。だが、レンタル用に特化したビデオは、新作映画を中心に、人気のある作品だけに品揃えが絞られる傾向が強まる。しかも、レンタルビデオ店では、需要のあるソフトは同じものを大量に置くという「コンビニ化」が進む。ＶＨＳからＤＶＤへと切り替えが進む時代になると、この傾向がさらに強まった。（カトリーヌ・ドヌーヴの出演作でも、アンドレ・テシネ監督の作品など、ＶＨＳでは発売されていたが、ＤＶＤ化されなかったものは多い。）

映画は映画館で観るしかない時代が、わずか三〇年ほど前まで、ずっと続いていた。いまは、動画配信で、いつでも自宅で、あるいはスマホでも観られる時代になった。だが、以前より、古い時代のさまざまな作品に接する手だては限られている。

たとえば、私が少年のころだと、ミケランジェロ・アントニオーニ（イタリア）、カール・ドライヤー（デンマーク）、イングマール・ベルイマン（スウェーデン）、イェジー・カワレロヴィッチ（ポーランド）、サタジット・レイ（インド）、ジュールス・ダッシン（米国出身でギリシアに移る）といった監督たちは、映画好きなら誰もが知っている名前だった。だが、いまは、こうした人名さえ、若い世代にはほとんど伝わっていないだろう。街の映画館などで、不特定多数の観客たちがいっしょに観ていた作品は、その場所が失われるのとともに、遠い存在になっていく。

俳優にとって、映画という表現物には、過去の自分の姿しか残らない。演劇が、眼前の観客に向かって現在の自分の姿をさらすものであるのとは、ありかたが違っている。

当の映画俳優は、スクリーンのなかの自分自身より、いくばくか老化が進んだ現実の自分を生きる。この乖離は、彼ら一人ひとりの人生に、なにがしか影響するところがあるだろうか？

どれほど人気を集める映画女優も、中年に達するにつれて仕事は減る。そういう時期、決まって女優には「魔女」役の声が掛かるものだと、メリル・ストリープが話しているのを読んだことがある。……「私自身も、そうだった。さすがに、『魔女』役のオファーが三つ続いたときには、気持ちが滅入った」と。

ドヌーヴにも、そうだった。ただし、彼女の場合、より正確に言うなら、オファーされて引き受けたのは、「魔女」というより「吸血鬼《ヴァンパイア》」役である。相手役は、美貌でも知られたミュージシャンのデヴィッド・ボウイ。作品名は「ハンガー」（トニー・スコット監督、原題 *The Hunger*〔飢え〕）。公開は、一九八三年。ドヌーヴが四〇歳を迎える年だった。

吸血鬼のミリアム（ドヌーヴ）は、自身の血で不老不死と美貌を相手にもたらし、伴侶としてきた。現在の夫ジョン（ボウイ）は、一八世紀以来、彼女の伴侶をつとめている。いまは、ニューヨークのマンハッタンで、先端を行くクラブなどを根城にして、このカップルは生きている。

だが、吸血鬼の血で「不老不死」を与えられて生きる人間も、いずれは肉体の限界に達して、寿命が尽きる。あるとき、突然、ジョンにも老いの兆候が現われた。いったん始まった老化は、今度は急速度で進んでいく。

実は私、この「ハンガー」という作品は、先ごろ自分が五〇代後半に至ってから、DVDで初めて観たのだ。『カトリーヌ・ドヌーヴ全仕事』という著作を思いたったが、実際には、まだ観られていない彼女の出演作が、いくつも残っている。日本で未公開のものも、けっこうある。こつこつ、そういうものもDVDを取り寄せるなりして、観ておきたい。当面は、入手しやすいものから観ていこう。そう思って、買い求めてみたのが、「ハンガー」だった。

英国の広告業界で長くCMディレクターをつとめたトニー・スコット監督、長篇映画第一作である。冒頭、マンハッタンのクラブを舞台に、スタイリッシュな映像がしばらく続く。……ああ、景気の良かったころは、ニューヨークも東京も、こうだった。「幸せな家庭はどれも似たようなものだが、不幸な家庭はそれぞれに不幸である」――『アンナ・カレーニナ』の書き出しは、こうした都市像にも当てはまる。むろん、吸血鬼のカップルにも。

やがて、ジョン役のデヴィッド・ボウイが老いはじめる。皮膚がたるみ、髪が抜け、血色が悪くなる。たった数時間のうちにも、どんどん老いる。灰色の瞳の美貌が、特殊メイクで、老醜の姿に変わっていく。

机上のパソコンの画面で、こうした映像を観ながら、自分も同じ時間を、こうしてまたいでいるのを不意に感じた。

この映画が公開される一九八三年、私は京都の大学に在学していて、そろそろ卒業が近づいてくるころだった。たしか、あの年、全盛期を迎えていたデヴィッド・ボウイは、日本ツアーで京都にもやってきた。彼が、あちこちの町角に出没しているとの噂がしきりに流れたのも、その前後のことだったろう。

だが、いまは、皺だらけになった自分の手でマウスを動かし、こうしてデヴィッド・ボウイとカトリーヌ・ドヌーヴの裸体を画面のなかに眺めている。……この裸体の撮り方は、吹き替えかもしれないな、と思ったりもしながら。

とうにデヴィッド・ボウイその人が老いて死んでいる、という現実のほうが、嘘のようだ。

ドヌーヴは？

六〇年を超える歳月、スクリーンのなかに生きつづけて、残された自分の姿をどのように見るのだろうか。

一九九〇年代後半、マノエル・ド・オリヴェイラ監督の「世界の始まりへの旅」(97年)という映画を観た。

ド・オリヴェイラは、ポルトガルのポルト生まれの老監督だが、パリに本拠を移しての活動が長い。この映画では、撮影クルーとともに、故国ポルトガルを訪ねるという設定で、彼の分身にあたる老監督をマルチェロ・マストロヤンニが演じている。七〇歳を過ぎたマストロヤンニは膵臓がんを患っており、この映画が遺作となった。

映画のなかで、老監督が少年時代に親しんだ田舎のホテルを訪ねる場面がある。ホテルの建物はすでに朽ちている。だが、前庭には、同世代の少女たちと語らった思い出の樹々が、当時のおもかげをとどめて残っている。頭より少し高いあたりの枝に、紅色の小さな花が咲いていている。彼は、手を伸ばし、その小枝を手折《たお》ろうとするが、ほんの少し届かない。少し思案して、苦笑を浮かべ、彼は諦める。……そんなシーンがあったのを覚えている。

あの映画を観たとき、私は三六、七歳になっていた。二〇歳を過ぎたばかりのころとは、いくらか違っている。マストロヤンニがほとんど無言で演じる、こうした場面に胸を打たれたのも、そのせいであったろう。

この映画への出演後、ほどなく、一九九六年一二月、パリの自宅でマストロヤンニは没する。

カトリーヌ・ドヌーヴと、彼女とのあいだに生まれた娘キアラが、最期を看取ったのだそうである。ドヌーヴとマストロヤンニが恋仲にあったのは、初共演の一九七一年から三年間ほどに過ぎないが、その後も二人は穏やかな友情を保っていた。

ドヌーヴは、私生活を語らない。

マストロヤンニの没後、彼を追想するドキュメンタリー映画が作られた（『マルチェロ・マストロヤンニ　甘い追憶』）。キアラ・マストロヤンニが、もう一人の娘バルバラ（キアラにとって異母姉）とともに、証言者として中心的な役割を担っている。だが、ドヌーヴは出演していない。

6

『カトリーヌ・ドヌーヴ全仕事』は、自分から編集者に持ちかけた企画である。とはいえ、私のようにフリーランスの物書き稼業の者には、いざとなると、書き下ろしの著作に手をつける度胸が、なかなか湧いてこない。いや、現実には、あらかじめ締め切りが決められた定期的な仕事を、なんとかこなすことで、かろうじて暮らしを立てている。これに加えて、書き下ろしの著作に取り組む日程が取れるだろうか。書き下ろしの仕事だけでは、これにかかっているあいだ、無収入に耐えなければならない。しかも、大冊である。つい、編集者の浅岡良枝さんに声をかけてしまったが、はたして自分がやり通すことなど、できるだろうか？

だが、何事にも限度がある。この仕事を浅岡さんに持ちかけてから、すでに二年以上を無為のまま過ごしてしまっていた。

「困ったもんですね。事情はわかりますけど、お互いに、これは仕事ですから。どうにか工夫して、ちゃんとやってもらわなきゃ」

二〇二〇年二月なかばだった。

古くからの知人が受賞した文学賞のパーティで、しばらくぶりに浅岡良枝さんと行き会い、容赦なくハッパをかけられた。彼女は、年齢では私より二〇歳ほども若いのだが、臆せずに、微笑を浮かべて、こういう口調を取ることがある。

三カ月ほど先立つ、前年の二〇一九年一一月に、ドヌーヴが、パリでの新作映画の撮影中、脳卒中に見舞われて入院した、と伝えられた。幸い、症状は軽く、ひと月後にはサンジェルマン・デ・プレの自宅に戻って、休養と回復にあたっている、とのことだった。撮影クルーも、ドヌーヴが登場する場面以外はすべて予定通りに撮り終えており、あとは彼女の回復を待って、残りの場面を撮影するという。

「――今回は、ドヌーヴ、大丈夫そうで、よかったです。でも、元気といっても、彼女だって今年で七七歳ですから。何かあって、後で後悔しないように、小暮さんにも気合いを入れて働いてもらわないと。ドヌーヴを見習ってくださいよ」

浅岡さんは、そう言って笑った。手には、プラスチックのカップに入ったノンアルコールのビール。この日は、パーティのためか、普段のパンツ姿ではなく、黒のレースをあしらったスーツで、肩にかかる髪のあいだに青い石の入ったピアスが見えていた。

前年の二〇一九年、晩秋に脳卒中で入院を余儀なくされるまでのドヌーヴの活躍は、例年以上にめざましいものだった。ジュリエット・ビノシュと共演した、是枝裕和監督「真実」（フランス語題 *La vérité*）が公開されたのも、この年である。

大女優である母ファビエンヌ役がドヌーヴ。ニューヨーク在住の脚本家である娘リュミール役がビノシュ。ファビエンヌが自伝を出版するが、娘のリュミールが読んでみると、大事なことが書かれていない。若くで死んだファビエンヌの親友にしてライバル、そして、リュミールの代母《マレーヌ》でもある女優サラのことに一切触れていないのだ……。

ドヌーヴと、早世した姉フランソワーズ・ドルレアックを思わせる設定とも言える。だが、ここでのドヌーヴの役どころは、むしろ、チェーホフ『かもめ』の大女優アルカージナのように、自分のこと以外はまったく眼中にないようなタイプである。当のドヌーヴは、「わたし自身は現代人なので、こういうところはないと思う。ファビエンヌの場合は、一九五〇年代の女優のような感じでしょう」と話していた。「サンセット大通り」でのグロリア・スワンソンといったところか。

また、同じ一九年に公開されたアンドレ・テシネ監督「見えない太陽」（原題 *L'Adieu à la nuit*〔夜よ、さらば〕）は、現代のフランス社会で、白人青年たちの一部分までもがイスラム系のテロ組織に惹かれていく世相を題材にしている。

——フランスの片田舎で牧場を営むミュリエル（ドヌーヴ）のもとに、孫アレックスが訪ねてくる。もうじきカナダに行く、とアレックスは話す。だが、ミュリエルは、アレックスがイスラム教徒となっており、これからシリアに渡ってテロ組織に加わろうとしていることに気づきはじめる……。

ベテラン監督のテシネが、多くの仕事を共にしてきたドヌーヴを主演に据えて、同時代の深部に根ざす問題に向き合う気組みでいることに、私は興味を覚えた。特権層に属することもない若者らに、いまのフランス社会は希望や正義を示せない。こうした「暗い」時代のフランスの若者たちには、西欧社会を明確に批判しうるイスラムの大義のほうが明るく映る。原題の「夜よ、さらば」という彼らの心の声が指しているのは、そういうことだろう。冒頭、この映画は、日蝕のシーンで始まっている。

さらに、*Fête de famille*〔家族の祝い〕というセドリック・カーン監督による作品も、この一九年、すでにフランスでは公開されていた。ドヌーヴが演じる老母の誕生日に、すでに成人している息子たちや娘が、めいめいに、その子どもたちや女友だちを連れて集まってくる。そこで、ひと騒動が……という設定。騒ぎの火元となる長女役は、エマニュエル・ベルコ。女優であるとともに、彼女自身が映画監督でもある。また、長男役は、監督のセドリック・カーン自身が演じている。

エマニュエル・ベルコは、これより数年前、自身が監督にまわってドヌーヴ主演の映画も撮っていた。「太陽のめざめ」（15年、原題 *La tête haute*〔顔を上げて〕）という、非行少年マロニーと少年事件担当の女性判事フローランス（ドヌーヴ）の話である。崩壊した家庭に育ったマロニーは、フローランスが下す温厚な裁定を重ねて裏切る。彼女は、自身の権限で、マロニーに児童支援の教育係（ブノワ・マジメル）を付けるが、それでも問題行動は収まらない……。

そして、この一九年晩秋、撮影中にドヌーヴが脳卒中を起こしたのも、エマニュエル・ベルコ監督による *De son vivant*〔生前に〕という映画だった。末期がんで病床にある息子（ブノワ・マジメル）と、その母（ドヌーヴ）。――ドヌーヴが脳卒中に見舞われたとき、本物の病院でロケが行なわれていたことは、彼女にとって幸運だった。

このようにして、四〇代、五〇代の俳優兼監督らが、大先輩格のドヌーヴを巻き込んで、互いに役を演じたり、監督にまわったりしながら、小づくりな映画を撮っていく。ハリウッド映画に圧倒されて一時は低迷が続いたフランス映画は、このような場所をつちかうことで、復興《ルネサンス》を遂げつつあるようにも見える。

米国の映画プロデューサー、ハーヴェイ・ワインスタインによる一連の性暴力事件は、大きな衝撃を映画界の内外にもたらした。だが、それは、どんな理由による衝撃だったのか？

ワインスタインが、この種の行為を繰り返しているという話は、かなり前から、業界内では囁かれていたようである。にもかかわらず、被害女性の側から告発の動きがあると、そのたび有能な弁護士たちを介在させて、ひそかに「和解」がはかられ、沈黙は保たれた。つまり、強大な権力を持つ者が、被害女性から、カネの力で「沈黙」を買っていた。これによって〝性〟は、そのたび、さらに貶《おとし》められる。だが、権力を持つ者たちの自己防衛は、鉄壁の守りとみなされていた。誰も、この壁を崩せるものとは考えていなかった。〝性〟をめぐるペシミズムは、ひとつの閉鎖系として、巨大な業界社会のなかで、すでに完結されたかのようだった。

ワインスタインは、ハリウッド的なリベラリズムを体現する重要なアイコンだった。バラク・オバマ、ヒラリー・クリントンら、アメリカ合衆国の中枢部に位置する大物政治家たちも、楽屋内での噂話からは目をそむけたまま、彼を最有力の支持者として持ち上げつづけていた。だが、あるとき、突然、買収済みだったはずの「沈黙」の内容が白日のもとに晒《さら》され、閉鎖系が崩れた。#MeToo の爆発的な広がりは、この衝撃に対して与えられた表現型でもあったということだろう。

ニューヨーク・タイムズの女性記者二人（ジョディ・カンター、ミーガン・トゥーイー）が、この報道の全貌をまとめた共著の書名は *She Said*。癒えない痛みを抱えて、各地でばらばらに暮らしてきた一人ひとりが、それぞれに勇気をふるって、証言に踏み切っていく。これらの一つひとつに 'She said…' の瞬間があった。ここで語られているのも、そうした甦《ルネサンス》りの物語なのである。

東京・日比谷のホテルで開かれた文学賞の受賞パーティで、浅岡良枝さんとひさしぶりに『カトリーヌ・ドヌーヴ全仕事』についての立ち話を交わしたのは、二〇二〇年二月一七日のことだった。

前年末以来、海外で発生した「新型コロナウイルス」による感染症についての報道が、じょじょに世間を騒がせはじめていた。年が明け、二〇二〇年に入ると、横浜港を一月二〇日に出港した豪華クルーズ船ダイヤモンド・プリンセス号が、途中、香港で下船した乗船客一人に感染が確認されて、そのまま那覇港を経て横浜港に戻ってきた。同船が横浜港大黒ふ頭に帰着するのは、二月三日。乗員・乗客全員を船内で待機させたまま、検疫が始まった。このころから、日本の国内社会でも不穏な空気が流れはじめて、マスクを着用する人が、少しずつ増えていた。

それでも、まだ、文学賞の受賞パーティの開催を危ぶむような声は、まったくなかった。ホテルのプロムナードは、相変わらず海外からの観光客などで賑わっている。大広間の入口に受付が設けられ、パーティの参加者たちが列をつくった。

寒い夜だった。パーティがはねると、ホテルの正面玄関前で、文学賞の選考委員をつとめた逗子在住の老詩人と行き遭った。その人とは過去に一、二度、挨拶程度の言葉を交わしたことがあるくらいだったが、私が鎌倉在住であることを覚えていて、

「新聞社が、帰りのタクシーチケットをくれたんだ。いっしょに乗って帰らないか？」

と勧めてくれた。ありがたく、それに従った。

タクシーは、すぐに首都高速道路に入り、東京湾岸を南下しはじめる。

やがて、横浜港に架かる高い橋を渡る。眼下の大黒ふ頭に、白く巨大な客船が接岸しているのが見えた。岸壁の周囲に設置された多数の光源から、船体に向け、強いライトが浴びせられている。その船の姿は、海の闇から浮かびあがった白鯨のようにも映る。わが目を疑い、見つめなおすと、リリパット国で小人たちに縛り上げられているガリバーの姿のようでもあった。

これが、新型コロナウイルスの感染者を船内で増やしながら停泊を続けるダイヤモンド・プリンセス号なのだと気がつくまでに、さらに、ひと呼吸の時間を要した。息を呑み、かたわら

の老詩人のほうに振りむいたが、彼はもう眠っていた。

カトリーヌ・ドヌーヴが脳卒中治療後の休養から無事に復帰し、エマニュエル・ベルコ監督のもと、パリで *De son vivant* の撮影が再開されたのは、二〇二〇年七月である。同年三月、米国ニューヨークの裁判所が、ハーヴェイ・ワインスタインに禁錮二三年を言い渡して四カ月後のことだった。*De son vivant* のクルーは、その年の春の撮影再開を目指していたが、新型コロナウイルスの急激な感染拡大を受け、このときまで、さらなる撮影の延期を余儀なくされていた。

それまでの間に、浅岡良枝さんの編集部でも、いくらか事情の推移があった。もっとも大きな変化と言うべきものは、編集長の交代だろうか。

七月に入ったばかりのころだったか、浅岡さんから、緊張した声の電話があった。

「ちょっといやな話なんですが、小暮さんは当事者なので、耳には入れておきます」

「どうしたの？」

聞き返しながら、その瞬間、私の胸には後悔のようなものが走った。

フリーランスの物書きなら、誰しも経験があるだろう。悪い話というのは、いつでも出版社の側から、前触れなく、一方的にやってくる。だが、せめて、危険な兆しはあらかじめ察知し、できる対処はしておく努力を払えなければ、この稼業で世を渡っていくのは難しい。『カトリーヌ・ドヌーヴ全仕事』に関して言うなら、執筆に着手だけでもしていれば、編集部としても、いったん通した企画をたやすくキャンセルできるはずもない。だが、いまだ私は、手をつけてさえいなかった。……ぬかったかな……。聞き返す私自身の声も、かすれていた。

「実は、うちの編集長が替わりました。ついては、こういうときの通例で、既決の企画の洗い直しがあるんです。たなざらしになったままの企画なんかは、こういう機会に、ある程度は整理する必要があるものですから」

……やっぱり、そうか……。せっかく浅岡さんの世話になりながら、こうして三年近くも放置してきた自分の怠慢が悔やまれた。

浅岡さんの声は続く。

「――それで、『カトリーヌ・ドヌーヴ全仕事』なんですけど、今度の編集長が『――全仕事』じゃなくていいんじゃないか、って言い出したんです。つまり、『――主要作品』でどうか、と。そこのところ、著者の小暮さんと、相談してほしい、って」

え？　と思う。

どうやら、出版そのものをキャンセルしたい、ということではないらしい。だが、『カトリーヌ・ドヌーヴ全仕事』ではなく、本で紹介するのを彼女の有名な出演作品だけに絞って、もっと手軽な値段の本にしたい、ということなのではないか。つまり、『カトリーヌ・ドヌーヴ主要作品』と、本自体のコンセプトを変更したい、ということか。

「――書名は、『映画女優カトリーヌ・ドヌーヴのすべて』とか、もっとスマートなものにはできると思うんです。ただ、この本の基本的なスタンスに関わることですよね。そこを少し変えたい、と。

今度の編集長は、新書の部門でヒット作をいくつも出して、そこを評価されて移ってきた人なんです。だから、彼としては、定価が高い本には抵抗がある。こんなに高い本にしたら、売れないじゃないか、と。新書だと、定価が一〇〇〇円行かないですから。

もちろん、単行本は単行本で、それと違った採算の見込み方もあるので、わたしたちとしては、前にこの本の企画を通したときに、そのあたりはずいぶん検討したんです。でも、いま編集長は新任早々で意気盛んなところですから、ちょっとどうにも、そこを言っても説得ができなくて。

それでも、これだと、本の基本的な発想そのものが大きく違ってもくるので、まずは著者の小暮さんと相談させてください、って、いったんそこまでで話を引き取ってきたんです。……どう思われますか？」

「うん。……あまりに急な話だから、ぱっと返事ができるようなことではないのだけれど。ただ、編集長の言うようにすると、普通の、映画ファン向けの本みたいになっちゃうね」

カトリーヌ・ドヌーヴの「主要作品」って、何だろう？　……「シェルブールの雨傘」「ロシュフォールの恋人たち」「昼顔」「恋のマノン」「哀しみのトリスターナ」「ひきしお」「うず潮」「終電車」「インドシナ」「ヴァンドーム広場」「8人の女たち」「クリスマス・ストーリー」……そんなところなのだろうか？　それから、日本人監督の作品だから、ということで、編集部としては「真実」も入れておきたい、となるのだろうな……。

などということをぼんやり考える。だが、そうやって考えをめぐらせるあいだに、今度は怒りのようなものが湧いてきた。……そんな本なら、いま無理におれが書く理由はない、編集部が勝手に好きなように作ればいいのだ、といったたぐいの憤懣である。

「――ドヌーヴの主要作品って、それ、編集長は、どんな作品を考えているの？」

かろうじて、私は電話口で訊き返した。

「わたしも、そこを訊いてみたんです。でも、編集長は、それには興味ないみたいで。『ぼくは映画に詳しくないし、わからないよ。著者の小暮さんに相談してほしい』っていうことでした」

「おれは、そんな注文で、自分の本を書くつもりはないよ」

とっさに頭に来て、私は突き返す。ドヌーヴが作品に残した一つひとつの足跡をたどることで、彼女自身の葛藤も含む歴史が、浮き上がってくるだろう、と考えた。これは、そういう、表現と現代史を主題としている本なのだ。あらかじめ、『――主要作品』に絞るのであれば、興行側の成績をたどることにすぎず、ドヌーヴの人となりとさえ無関係なものになってしまう――と思ったのだ。

「わかりました」

思いのほか、あっさり、浅岡さんは答えた。

「え？」

拍子抜けして、私は訊き返す。

「わたしも、そう思うので。小暮さんと同意見です。

考えがあります。このさい、編集長のことは、いったん置いておきましょう。一冊全部が書き上がったころには、また、違う人が編集長になってるかもしれないんだし」

くすんと笑う、彼女の声が聞こえた。

「――いったん通してある企画なので、あとは担当編集者の裁量、という面もありますから。

基本は、その線でやっていこうと思います。

それから、今度の本の小暮さんの執筆については、うちの月刊誌で、連載ページを空けてもらうように話をつけておきました。ですから、まずはここに連載をしていく形で、書き溜めるようにしましょう。一冊まるごと書き下ろすより、これだったら、毎月、いくらかずつでも原稿料も出せますから。

いまのところ、わたしが考えてるのは、この連載で、毎回〈小伝〉を一五枚ずつ。それと、主だつ出演作品の〈解説〉を毎回五本分ずつ、書いていけばどうかな、ということなんです。映画一作につき各五枚、これが毎回五作品だとすると、二五枚。だから、毎月、〈小伝〉と作品〈解説〉とを合わせて、四百字詰原稿用紙で四〇枚です。これを一〇カ月連載すれば、〈小伝〉は書き上がる。それから、当初計画にもとづいて、主だつ作品を六五本と考えれば、それについても八割方が書き上がる。……あとは、主だつ作品の残り分と〈主要じゃない作品〉についての原稿を、小暮さんが書き下ろしてくださったら、『カトリーヌ・ドヌーヴ全仕事』になるでしょう?」

二〇二一年七月——。この年のカンヌ映画祭での上映に、エマニュエル・ベルコ監督 *De son vivant* は、完成が間に合った。

七月一〇日、映画祭での上映当日、カトリーヌ・ドヌーヴ、共演者ブノワ・マジメル、監督エマニュエル・ベルコらが、レッドカーペットを歩いた。翌一一日、共同記者会見で、司会の女性から「マドモアゼル・カトリーヌ・ドヌーヴ」と紹介された壇上の彼女は、あざやかなピンク色のマスクを着けていた。

発言の順が回ってくると、ドヌーヴは、マスクを外して、いつもの早口で話しだし、「よく、人の表情を特徴づけるのは目だって言いますけど、それは間違いで、実は口。マスクを着けていると、もう誰だかわかりませんね。でも、このごろは、それにも慣れてしまって……」などと言う。

その日は、日曜日だった。やがて、同じ日のうちに、もう一つのニュースが、現地のメディア関係者たちのあいだに流れはじめた。

――カトリーヌ・ドヌーヴの母、ルネ・ドルレアックが、七月一一日、パリ市内で死去した。一〇九歳。「世界最高齢の俳優」とも言われていた。――

現役の女優だったころ、この人の芸名はルネ・シモノ。旧姓での本名は、ルネ＝ジャンヌ・ドヌーヴ。一九一一年、ル・アーブル生まれ。七歳のとき、パリのオデオン座で初舞台を踏む。一八歳から三五歳まで、この劇場の一座に正式に所属した。また、米国映画をフランスで上演するさいの吹き替えを担当する、もっとも早い時期からの声優でもあった。

一九三六年に、最初の娘ダニエルを未婚のまま産んでいる。その子の父親はエメ・クラリオンという既婚の俳優だった。――「彼からもたらされた一番の幸せは、子どもを得たこと。チャーミングな人だったけど、当てにはできなかった。」

その後、吹き替えの仕事をするうちに、俳優でMGM映画のスタジオ監督でもあったモーリス・ドルレアックと出会い、一九四〇年に結婚。彼とのあいだにフランソワーズ（42年生まれ）、カトリーヌ（43年生まれ）、シルヴィ（46年生まれ）の娘三人を産む。

だが、一九六七年、映画女優になっていた娘フランソワーズを自動車事故で失う。享年二五歳。

夫モーリスは、一九七九年に死去した。ルネ当人は長寿にして壮健で、一〇〇歳を過ぎても、ドヌーヴの自宅近くで独居生活を続けていた。――「わたしの老年は、悲しいものではありません。毎日のように娘や孫たちが訪ねてきたり、電話をくれたりするので、周囲に恵まれ、歳をとっても幸せな毎日を送れている。」

カトリーヌ・ドヌーヴの生き方にもっとも影響をもたらした人物は、四人の娘を産んでからは主婦として過ごした元女優ルネ・シモノ――母親のルネ・ドルレアックその人だったのではないかと、私は思っている。

iv　いくらかの男たち

初めて女性と寝たとき、どうして彼女がそういう行動を取ろうとしたのか、私にはわからなかった。そのとき、私は一五歳で、彼女は二八歳、そして恋人もいた。だが、それが、私には、うれしい出来事だったのは確かである。彼女のことが好きだった。好きになる相手は一人だけではないとしても。彼女は「あとで行くからね」と予告してから、暗がりのなかを私の寝床にやってきた。つまり、彼女は、自分がやりたかったことをしたのである。少なくとも、そうした相手として、私を好ましく思ってくれてはいたわけで、それがうれしい。最初の性体験で、互いの気持ちが通じる経験を持てたことは、私にとって、生きていく上での道しるべとなった。

暗い寝床のなかで、彼女は「初めてなの?」と訊いた。うなずくと「……そう。とっくに経験してると思ってたよ」とも言った。だが、一五歳の私には、二八歳という大人の女とのあいだに生じる状況を自力で動かしていく力がない。

そこで、「どうしたら、いい？」と彼女に尋ねた。仮に、由紀さんとしておこう。

由紀さんは、薄闇のなかで、自分の首筋を指で示し、

「じゃあね、ここにキスして」

と、低く小さな声で、ちゃんと答えてくれたのだった。

○

四〇歳になるのを目前に、初めて赤ん坊の父親となった。

娘の成長は早い。たった一日のうちにも、見るたび、少しずつ大きくなっている。そのたび焦りを感じた。

いずれ、この娘も、男と寝る。いや、寝るに至るまでのさまざまな経験も持たずにいられない。できれば、それが満ち足りたものであってほしいが、そのようになる保証はない。この世界に生きるとは、そういうことだからだ。おぞましい経験をしなければならない可能性も、つねにある。そうあってほしくない。けれども、私にはそれを食い止める力がなく、ほかの誰にもないのである。娘は、これから、そうした無限の可能性の荒れ野を行く。たまたま私は、そ

こで、好きな女と寝るという経験に恵まれた。この娘にも、同じような僥倖があることを願う。
私は、由紀さんに、彼女自身が初めて男と寝たとき、どんな感じだったかと、訊いてみたことがある(――初めて彼女と寝たときのことではなかったかもしれないが、せいぜい、二度目か三度目のときだろう)。

「とても気持ちよかった」

と彼女は答えてくれた。相手は、かなりの年上だった、それもあってか、とても安心していられる時間だった、ということを、そのとき彼女は話してくれたように思う。

由紀さんから、私は、これを聞けてよかった。

ある相手が言ったこと、あるいは、その相手からされたことを、人はすべて覚えているわけではない。むしろ、多くのことを忘れていく。自分が行なったことについても、そうである。だからといって、すべてを忘れてしまうわけでもない。多くのことは忘れるが、いくつかのことは忘れずに覚えている。だが、ある相手とのあいだの経験で、どのことをやがて忘れて、どれは覚えていることになるのか、あらかじめ知っておくことは、できないのだ。むしろ、それこそが、いくばくかは、生きているということの意味なのかもしれない。

由紀さんと話したこと、あるいは彼女と一緒に経験したこと。それらについても、いままでは多くを忘れている。そう感じる。多くのことを覚えているように感じていたが、いざ順を追って思いだそうとしても、きれぎれで、そこにどんな前後関係があったのかさえ、いまでは確かめてみるすべもない。

由紀さんは、どうなのか。彼女にとって、それがどれほどの意味を持つものだったか、私にはわからない。想像してみることはできる。だが、その想像が、どれほど当たっているのかは、まだわからないということに、耐えて生きていくしかない。

小説というものを書こうとするとき、いつも、そうしたことを考えずにはいられない。ある人物が覚えていることを、相手の人物も覚えているのか。覚えているとしても、同じように覚えているのかは、わからない。むしろ、複数の人物たちが、お互いのあいだに起こったあるときの出来事を、同じように記憶している可能性は少ないだろう。それを思うと、小説というものは、どのように書かれるのが正当か。これを考えるのは、なかなかに厄介でもある。

私は、由紀さんと話したこと、彼女と取った行動で、覚えていることがある。だが、どれも、もう何十年も前のことで、どこに一緒に旅したのかさえ、彼女は、たぶん、もう覚えてはいないだろう。

いや、覚えていることは、彼女にもあるかもしれない。もし、そうであったとすれば、それらの多くは、おそらく私が覚えていないことだろう。

そうした記憶のありかたについて、「小説」は、どのような表現を取れるのか？

娘のマキが、保育園の年長組に上がろうとするころだったか。

この子は、路上で痴漢などに襲われたら、ちゃんと大きな声を上げて、周囲に助けを求められるだろうか、と心配になった。だから、いまのうちに、いざというとき、恐怖に圧されて声が出ないという状態に陥らないように、大声を上げる練習をしておいたほうがよさそうだ。

――そういうことを思いついた。

娘の保育園は、鎌倉・材木座の海岸近くにある。だから、前日のうちに、

「あしたは、こわい人にマキが追いかけられても、ちゃんと『たすけてー』と大きな声を出せるように、海岸でおとうちゃんと練習しておこう」

と娘を説得し、登園前の時間に、大声を出す練習に連れ出したことがあった。妻はあきれて、朝、いつもより一時間近く早い時刻に、谷あいの家をクルマで出発していくわれわれを見送った。

材木座の海岸は広い砂浜で、早朝でも人目につきやすい。だから、親子で大声を出すには恥ずかしい……。そう考えて、材木座海岸をやや南に外れた「和賀江島《わかえじま》」と呼ばれる岩礁の近くで、駐車した。岩礁の先の海中には、石積みされた築港の跡が残っているそうで、鎌倉時代に

は南宋との貿易などにも使われた場所なのだという。

磯で、マキと私は、あいだに二〇メートルほど置き、離れて立った。そして、「たすけてー」と叫ばせるのは物騒なので、大きな声で「おとうちゃーん！」と、どなってみよ、ということにした。

マキは、私の求めに付き合って、二、三度、照れながらも、「おとうちゃーん！」と大きな声を出した。

むこうの浜から、犬を連れた老人が、こちらの様子を眺めていた。

大声の稽古を終えると、マキと私は、浜づたいに歩いて保育園に登園する。犬を連れた老人の前を通りかかると、「ごくろうさん」と笑顔で声をかけられた。

娘は、もう、それからは恥ずかしがって、大声の練習には行きたがらず、あの朝の一回きりで終わっている。


初めて私が小説を書こうとしたのは、三〇代なかば、一九九〇年代後半に差しかかるころだった。出版不況が深まって、フリーライターとしての仕事がなくなり、小説でも書いているしかない、というほどの時間ができた。だが、いざ書こうとしてみると、私にとって、小説というのはなかなか難しいものだった。自分でよく考えてみないと、わからなくなってしまうことがたくさんあった。

そうした時期に、何か所用で、銀座の地下鉄駅あたりを通りがかったことがある。平日の宵どきで、たしか夜九時半くらいではなかったか。改札口前も賑わっていた。そのとき、私と同年くらいと思える、長身に上等なスーツを着けたサラリーマンらしい男が、すぐ前を横切った。当時、携帯電話が普及しはじめていた。私はまだ持っていなかったが、その男は携帯電話で誰かと話しながら歩いていた。周囲をはばからずに、大きな声で話しているので、その言葉が耳に届く。

「……あ、おれ。いま、池袋にいるんだ。……」

彼は、顔色ひとつ変えず、嘘を話していた。そのことに、私は驚いた。

むろん、いつの時代にも嘘はあり、私自身も多くの嘘を重ねて生きていた。けれども、嘘をつくときには、頬がこわばった。電話で嘘をつかなければならないときにも、誰かに見られるのは恥ずかしく、人目につかないところにある公衆電話などを探したものだった。

だが、携帯電話という機器があれば、どうやら、そうではないらしい。むしろ、この機械は、彼の意識から、周囲の人通りを消してしまう。それによって、どこにでも「密室」を作り出す。移動しながらの通話を続けて、「場所」という概念さえ、やがて薄れる。意識的に嘘をつく、というより、嘘と本当のこととの区別自体が消えていく。

私にとって、この一瞬の経験は、二一世紀への小さな入口となった。

由紀さんには、恋人がいた。

私にも、やがてガールフレンドができる。

由紀さんに恋人がいるということを、私はあまり気にかけていなかった。私は、彼女のことが好きで、それ以外のことは、ほとんど、どうでもいいことのように感じられた。少年の私には、嫉妬という感情がまだはっきり自覚されていなかった、ということもあるかもしれない。だが、それ以上に、一五歳と二八歳という年齢差が、これには大きく影響していただろう。私に主導できることは、何もない。すでに前提になっていることから、出発するほかなかったのである。

由紀さんが、恋人を愛したときのように、私を愛したのかは、わからない。そうではないだろう。ただ、いとおしむ気持ちはあって、大事に扱ってくれていたように感じている。手を触れ、体を触れ合わせたが、言葉にして愛を語り合ったことはない。それでも、互いの態度のなかに、思いやりがあった。彼女は、私の話をよく聞いてくれる人だった。ただ聞き流すのではなく、聞いてよく理解している。一〇代の私には、そういう相手が存在するのは、必要で、大切なことだった。

相手からの求めを拒むことは、互いにほとんどなかったと思う。そうする必要が生じなかったからだろう。相手の都合や状況を考えあわせて、私たちは約束の入れ方も工夫した。相手のことが好きだというのは、大事なことである。さらには、お互いが、相手のことを好きだということが。

うちの娘にも、そうであってほしいと思っている。

性的関係は、多分に、偶然によって動かされる。互いが近寄る機会がないと生じないし、たまたま隣り合って座る機会があっただけでも起きてしまう。

偶然からしか、始まらない。そして、絶えず首尾一貫性に欠けている。

好きだから生じた、とは言えない。とくに好きでなくても生じさせてしまうことはある。何かしらの偶然がないと、好きなのかどうかもわからない。きっかけがないところで、そういうことを考える必要はないのだから。

首尾一貫性がないからこそ、そこに真実も含まれている。

これは、選挙運動のように陣営意識に立つものではない。イデオロギーにもとづく行動でもない。もし、そのようなところがあったとしたら、それは性行動として歪んでいる。

私は由紀さんと寝るのが好きだった。

彼女のなかで射精することも。穏やかで温かな海のように、そこを感じていた。一度射精しても、すぐにまた射精したくなる。

だが、ここでも、一五歳と二八歳という年齢差に枠取られているものがあった。いまになって思い起こしてみても、私は彼女と寝るとき、どうやって避妊していたかをまったく覚えていないのだ。われわれが、避妊をしていたのは確かである。おそらく、彼女からコンドームを差し出されるとそれを着け、きょうは必要ない、と言われたときには、ただそれに従っていたのだろう。

一七歳のとき、私は高校の同級生にガールフレンドをつくった。その女の子とのあいだで、どうやって避妊していたかは覚えている。私は、薬局で店の人と向き合ってコンドームを買い求める度胸が、まだなかった。だから、百円硬貨を数枚、ジーンズのポケットに入れ、深夜に自転車で自動販売機のある場所まで走って、買っていた。おかげで、どこの自販機にどんな銘柄のコンドームがあるかが、頭に入っていた。自分の部屋の机の引出しに、あといくつのコンドームの個包装が残っているのか、ということも。

つまり、由紀さんとのあいだでは、そういう主体的な行動をいっさいせず、すべて彼女に任せ切っていたということなのだろう。食事についても、そうだった。外で食事するにも、むろん私は、どこにどんな店があるのかさえ、まだ知らず、由紀さんが連れていってくれる店に入って、代金も彼女に払ってもらっていた。夜更けて彼女の部屋に泊まることがたまにあったが、そういうときも、冷蔵庫にある瓶ビールを抜き、厚揚げを炙るとか、焼き茄子とか、手早く何かを作ってくれていた。


映画を観た。

道を歩いた。

食事をした。

それほどしょっちゅう一緒に寝る機会があったわけではない。映画を観て、何か食べ、夜道をとても長く歩いて、四つ角で、なおしばらく立ち話をして別れ、一人で家に帰ってくることが多かった。

おそらく、由紀さんは、一〇代の少年の暮らしをかき回しすぎることがないようにと、自制を心がけてくれていたのだろうと思う。私の母親が勤め先から帰って家にいる時間に、彼女が電話をかけてくるようなことは、まずなかった。

互いの連絡は、どうやってつけていたのだったか——。高校の放課後などに、由紀さんら女同士三人が営む喫茶スナックの店に立ち寄っていた。週に二、三度は顔を出していただろう。

当時、私は叡電・出町柳駅近く、高野川べりにあったヒッピーたちの喫茶店「ロシナンテ」で、週二回くらい遅番のアルバイトに入っていた。そこに向かう途中、いくらか遠回りして由紀さんの店に寄ることもあった。遅番は、午後四時からである。そんなときは、由紀さんの店にいられるのはほんの五分、ということになる。

由紀さんたちの店は、吉田神社の北参道登り口近くにあった。高校は、京都御所から寺町通をはさんで、東側である。そこから、鴨川を荒神橋で渡り、京大の校地をかすめるように白川道を走っていく。たとえわずかな時間でも、彼女の顔を確かめたくなるときがあった。

もちろん、由紀さんには由紀さんで、いつでも私を自分の部屋に泊められはしない事情があったはずである。彼女は、恋人と暮らしている期間が長かった。彼との住まいから離脱して、彼女ひとりでアパートを借りても、やがて彼もまたそこに転がり込むようなかたちで同居生活が再開する、といったことを繰り返していた。

それでも、深夜の路上で別れかね、さらに鴨川べりを歩きつづけて、とうとう夜が明けはじめてしまったこともある。夏のはじめごろだったか。私たちは、あのとき、もう歩きくたびれて、河原の斜面に並んで身を横たえていた。由紀さんは、インド更紗のスカートに、Tシャツを着ていた。身を寄せて、美しい形の唇にキスをした。薄くそれが開いて、白い歯がのぞく。私は、スカートの裾から手のひらを入れ、ショーツをずらせて、性器を指で求めた。海に沈むように入っていく。仰向きに、彼女は目を閉じたまま動かない。私も、少し体を離して仰向きに戻り、夜明けの空を見上げる。下流側に三条大橋が架かっていた。欄干に、こちら向きに体を凭《もた》せている人影がひとつあるのが、わかった。われわれの様子を窺《うかが》っていたのだろうか、と思う。だが、由紀さんは、それにもかまわず、仰向きに寝転がって、目を閉じたままでいた。

いや、もっと前、まだ肌寒い季節にも、われわれは居場所を失って、街をさまよったことがあった。当時は、まだ京都の大通りには市電が走っていた。がたがたと敷石を響かせて後方から迫ってきた車両が、青白い火花をパンタグラフから散らしながらわれわれを追い抜き、最終電車と知らせる赤ランプを行先表示板に灯して、遠ざかっていったのを覚えている。

あのときは、暗い舗道脇に電話ボックスがあるのを由紀さんが見つけ、そこから友人の朋美さんに電話をして、一晩泊めてもらえないかと頼んでみたのだった。真夜中にもかかわらず、朋美さんはきちんと化粧しなおして、われわれを迎えてくれた。鉄筋造りの建物にある2DKほどの住まいで、場所は北白川別当町あたりではなかったか。

朋美さんは、ウィスキーの水割りを三つ作って、ガラスの座卓の上に出してくれた。その日の昼間、彼女は、大阪まで出向いて、ATG映画の「曽根崎心中」を観てきたのだと話していたのを覚えている。一九七八年、私が一七歳になろうとしている春だったということだろう。

「わたしはね、徳兵衛の宇崎竜童がよかったの。お初の梶芽衣子は、はまり役やし、もちろん、ええ。宇崎竜童のほうは、大根なんやけど、そこがええんやな。そういう色気やねん。徳兵衛って、ほんまに、こないな男やったんやろなって」

そのあと、朋美さんは、ベッドをわれわれに譲って、自分はダイニングキッチンのソファで寝てくれた。こういう気前の良さというものがあるのだと、知った。暗がりのなか、すぐ近くに朋美さんの呼吸も感じながら、われわれは交わった。

幾度か、彼女と短い旅をした。

急行列車のディーゼルカーの車中で駅弁を開き、由紀さんは私の話を聞いていた。

私は、いつか映画を撮りたい、と言ったのだったか、小説を書きたい、と言ったのだったか。とにかく、長い長いシノプシスを話したことを覚えている。

そんなふうに、私が話をすることができる相手は、彼女だけだ。ほかの大人たちから、同じことを尋ねられても、私はただ黙って、うつむいていただろう。

あのときは、丹後半島の入り江に面する、ひなびた船宿のようなところに泊まった。寝床に入ると、窓のすぐ下まで寄せてくる、さざ波の音が聞こえた。

「ミツオ。わたしね、あなたの子ども、産んであげてもいいよ」

交わったあと、私の頰に指先で触れ、由紀さんは言った。

何を彼女が言おうとしているのか、よくわからず、私は黙っていた。

「――おとうさん、とは呼ばせない。わたしが育てるから。

だけど、ときどきは、会わせてあげるね」

月明かりのなか、かすれを帯びた声で言い、少し笑った。


このころから、由紀さんは、さらに思い切った行動に出ることがあった。

私の母が地方出張か何かで留守にしているあいだに、二度か三度、彼女は聖護院の私の家に来て泊まっていった。こちらは、まだ若く、自分の部屋で朝まで由紀さんと一緒に過ごせるということが、ただうれしかった。

だが、あとから考えれば、このとき、すでに由紀さんは三〇歳である。出張中とはいえ、何か急用で帰宅してきた母と鉢合わせになる危険はあるわけで、そのときには、どういう態度を取るつもりで、彼女はいたのだろうか？

二度目に彼女が泊まりに来たときだったか。翌朝、彼女が去っていったあと、ベッドを整えておくつもりで、枕の下あたりに手を差し入れた。すると、こつんと、指先に小さな硬いものが当たった。シーツに絡まるように、ピアスが片方、そこに残っていた。青い石が嵌まる、由紀さんのものだった。

　前夜、珍しく彼女がピアスを付けていることに気づいて、

「ピアス、してるんだね」

　と、言った。

「うん。しばらく付けないうちに、穴がふさがっちゃったの。こないだ、ひさしぶりにまた開けてみた」

　そう答えて、彼女は両方のピアスを手のひらに外し、私の勉強机の隅のあたりに置いていた。なぜかはわからないが、その片方が、枕の下のシーツに絡まって、置き去られたようだった。

　あのころ、すでに私には、高校で同級生のガールフレンドができていた。地元の開業医の娘で、両親は、われわれの交際に強く反対していた。これについての悩みも、私は由紀さんに打ち明け、相談したことがあった。

　なぜ、あんなことを、私は由紀さんに求めたのか。

「好きな人は、(何人いても) 好き」という理屈を、自分なりに抱いていた。それは私自身が少年として過ごしたヒッピーの時代、あるいは「フリーセックス」が揚言された時代からの影響のひとつであったろう。自分の生きやすさを求める上で、私は、この標語をそのときどきの都合に合わせながら、利用していた。

いや、由紀さんにとっても、由紀さんなりに、そうだっただろう。そもそも、「フリーセックス」という標語自体が、それを許しあうためのものなのだから。

さらに私は、由紀さんに頼んで、私のガールフレンドの家に電話してもらったこともある。交際に反対する両親の姿勢が強固で、学校が夏休みなどに入ると、彼女と連絡の取りようがなくなっていた。同性の由紀さんの声で、彼女を自宅の電話口に呼び出してもらえば、話ができるはずだと考えた。

「え、わたしが？」

まさか、という戸惑いを浮かべて、彼女は問い返した。だが、

「うん」

と私が頷くと、彼女はしぶしぶ電話番号のメモ書きを受け取り、店のカウンターに置かれた黒電話のダイヤルを回して、求めた通りに電話をかけてくれた。そして、むこうに女の子の声が出たのを確かめると、

「はい。どうぞ」

と、わざと事務的な素振りで、私に向かって受話器を突き出した。

あのとき私は、残酷だった。だが、それは、意識して悪魔的に振る舞ったからではない。そうではなく、同世代の女の子との問題に気持ちを奪われ、私の視野から由紀さんの姿が消えて

いるのを、彼女自身が理解していたはずだからだ。

性的関係の始まりにおいては、偶然の働きが多くを支配する。昔も今も、そうである。

絶えず首尾一貫性が欠けており、だが、そうであるからこそ、ここに真実も含まれる。

それを指し、わざわざ「フリーセックス」と呼ぶ必要があっただろうか？　むしろ、セックスとは、始まりの場所に立ち戻れば、いつでも「フリー」の上に立つほかない。

ただし、当時の「フリーセックス」という言葉づかいには、いくばくかイデオロギーが混じっており、口にする当人たちを鋳型に押し込むところがなかっただろうか？　私が由紀さんに対して、同級生のガールフレンド宅に電話してもらえないかと求めたとき、もし、それによる呪縛がなければ、彼女は「ノー」と答えることができたのではないか？

好きな人それぞれとの関係は、一つひとつが、別の箱に入っていた。だから、矛盾が生じることはない。私についてなら、「由紀さん」という箱と、高校でのガールフレンド「久美」という箱とは、別のものである。

由紀さんについても、きっと、恋人の「サエキさん」と、まだ少年の「ミツオ」は、別の箱に入っている。

こうしておくことによって、それぞれの箱と箱のあいだの辻褄などは、問われることがない。また、問わないように自分を仕向けて、めいめいが生きていた。

それでよいのだ、とも言える。だが、それだけでは育みきれないものが残るのではないかと、なお問うこともできるだろう。

「……ほら、ピアス。忘れ物」

あのときの私は、数日後、由紀さんたちの店に出向いて、シャツの胸ポケットからそれを取り出し、彼女の前のカウンターに置いただけだった。

○

この春、八九歳になる母が、独居を続ける京都・聖護院の自宅前で倒れた。緊急入院先の大学病院から、鎌倉の私の家に電話がかかってきたのは、三月終わりの昼過ぎのことである。

「大動脈解離です。予後は非常に悪くなる可能性があります。しばらく経過を見守らないと何とも言えませんが、できるだけ早く、こちらにおいでいただくのがよいかと思います」

受話器の向こうで、医師の声が言った。

着替えだけ手当り次第にボストンバッグに投げ込み、家を出た。それでも、京都駅に着くと夕刻だった。病院に向かうタクシーのなかから、もう五分咲きに近そうな鴨川べりの桜並木が、夕陽に照らされて見えていた。

「一〇分間、面会の許可が担当医から出ています。そのあと、病状の説明が医師からあります。手指の消毒をなさって、ＩＣＵ〔集中治療室〕に直行してください」

受付で、そう告げられて、まだ母が生きているらしいとわかった。集中治療室のベッドで、さまざまな機器につながれ、母は眠っているようだった。近未来の棺に収まる疲れたヴァンパイア。私が近づくと、当たり前のことのように母は目を開け、

「ああ。また会えたのか」

と、言った。

このあと、医師の部屋で受けた説明では、母の大動脈解離は、幸い、心臓から続く上行部にはむかわず、下半身へと続く下行部へと走ってくれたので、生命には別状なく済むだろう、とのことだった。

――ですが、そろそろ九〇歳に手が届こうという年齢なので、これは「大動脈解離」という個別の病気にかぎらず、親族の目の届くところでご本人が暮らすための方策をお考えになってみてよいのではないでしょうか？

とも、その医師は付け加えた。

新型コロナウイルスによる感染が続いているので、一般病棟では、現在、原則として面会は許されていない。ただし、母の場合は、緊急入院という事情があるので、あす、あさってても各

日一〇分間の面会許可を出してくれるとのことだった。大学病院に隣接する宿泊施設に、二泊の宿泊手続きを取った。あわてて鎌倉の家を出てきたので、ノートパソコンも、仕事のための資料も持たずに、京都にやって来た。予期せぬ空白の時間ができ、各日一〇分の面会で昼過ぎにＩＣＵまで出向くほかは、付近の街路をひたすら歩いて過ごした。

来春には、娘のマキも大学を卒業する。たしかに、このあたりを区切りに、鎌倉での借家住まいを切り上げて、郷里の京都に居を移すのも一案かもしれない……。そうしたことも、鎌倉に戻れば妻と相談してみようか、などと考えながら、実家のある聖護院から黒谷、真如堂へと歩いていく。

大学に入ったばかりのマキが、一人でキャンプに行きたいと言い出したのは、もう、三年前のことである。

あのとき、おれは、マキが妊娠でもして悩んでいるのではないかと、気になった。ずっと運動嫌いだった娘が、いきなり酔狂なことを言い出したからだった。一人きりで、考えごとでもしたいのではないか。妻にそれを話すと、一笑に付された。それでもなお不安で、三浦半島にある出版社の保養所で仕事する機会をとらえて、マキにも、おまえは現地でキャンプすればいいんじゃないか、と誘いをかけてみたのだった。

結果から見て、娘の妊娠をあやしんだのは、杞憂だったということか……。けろっとして、あれからの三年間を過ごして、大学を卒業したら大工の修業をしたい、などと言っている。真如堂から、岡崎道をたどって銀閣寺道に抜ける。そこから、今出川通を西に取り、吉田神社北参道の登り口のほうに歩いた。

おれ自身は、大学卒業と同時に京都の街を離れて、もう三八年になる。それでも、京都という都市には、さほど変化のない町並みや店舗が、まだあちこちに残っている。

由紀さんたちの喫茶スナックが、このあたりにあった。だが、界隈の建て替えが進んで、店の正確な位置が、ここか、あるいは右隣か、左隣のあたりだったか、確信には至れない。それに、あの店の屋号は、何といったか？　これさえ、思いだせなくなっている。

あれも、一九七八年のことだったか……。その秋、京都の街を走ってきた市電が、全廃となる年である。ボブ・ディランが初来日して、大阪・枚方の大きな会場まで、一人で公演を観にいった。続いて、新アルバム「ストリート・リーガル」が日本でも発売されて、寺町今出川のレコード屋でそれを買い、そのまま、自転車で由紀さんたちの店まで走ってきた。このレコードを店でかけてもらおう、という腹づもりを抱いていた。

由紀さんの恋人サエキさんも、あのときは、カウンターの止まり木に居合わせたのだ。そのことは、なぜか、覚えている。彼は、アングラ劇団などが京都で興行をするときの呼び屋、つまり地元のプロモーターだった。

公演が決まると、チケット、ポスター、チラシなどを抱え、「ロシナンテ」にも預けに来ていた。肩までの長髪、口ひげ、ハンチング帽をかぶって、太い眉毛で、にこにこしている。

店の側は、たとえばチケット三〇枚を預かって、納品書にサインする。売上の二割が、店の取り分となる。ポスターは店内の壁に貼る。チラシは、まとめて穴をあけ、店の入口近くに吊っておく。もちろん、由紀さんたちの店にも、そうしたポスターが貼られ、チラシが吊られていた。

「ストリート・リーガル」をカウンターに置くと、由紀さんはすぐにレコード盤を取り出して、店のオーディオセットで聴かせてくれた。聴き終えると、サエキさんは両手を打ち鳴らし、さらににこにこして、

「傑作や、最高」

と調子のいいことを言った。

だが、由紀さんは、カウンターの上の歌詞カードに手を伸ばし、気になっていたらしいところを確かめると、セブンスターの煙を細く吐きだし、

「'Can you cook and sew' ねえ……」

と、浮かない顔で、つぶやきを漏らした。

たしかに、ディランは、B面冒頭の「イズ・ユア・ラヴ・イン・ヴェイン」というスローテンポな曲で、

Can you cook and sew, make flowers grow
Do you understand my pain?
(料理や縫い物はできますか、花を育てられますか
ぼくの痛みを理解してくれますか)

と、妙に甘ったれたことを歌っている。

由紀さんは、あのとき、これに対する自分なりの留保を、サエキさんや私の耳には入れておきたく思ったのだろう。

同じ一九七八年には、ローリング・ストーンズの新アルバム「女たち」(*Some Girls*)も、すでに出ていた。こちらの表題曲は、ずっと思い切りがいい。ミック・ジャガーは歌っている。

——ある女たちは宝石をくれて、ほかの女たちは服を買ってくれる
ある女たちは、頼みもしないのに子どもを産んでくれる
さあ、カネを全部おくれ、黄金を全部おくれ
そうすればズマ・ビーチに家を買って、おれの持つ半分をおまえにあげよう——

このアルバムのレコード・ジャケットは、女性用のカツラや下着の広告印刷物のなかに、女

装したローリング・ストーンズのメンバー五人（ミック・ジャガー、キース・リチャーズ、ビル・ワイマン、チャーリー・ワッツ、ロン・ウッド）の顔が現われる仕掛けになっていた。

つまり、「ある女たち」(Some Girls) とは、そこに差し替えられる「いくらかの男たち」(Some Boys) の自画像でもあった。

小説という表現も、どこかしら、ここまで立ち戻ったところから、出発するほかない。フローベールが「ボヴァリー夫人はわたしだ」と言ったというのも、おそらくは、あのレコード・ジャケットと同じである。

今年、私は六一歳になろうとしている。もし、由紀さんが、いまもどこかで元気でいるとしたら、七四歳ということになる。

——彼女のことを知っている。

たぶん、ある程度は。そのようにも思えてくるには、やはり、こうして、あとに続く歳月が必要だった。

＊後記

パリ在住のエッセイスト・翻訳家の飛幡祐規《たかはたゆうき》さんに、iii章の共同声明「私たちは性的自由に不可欠な『言い寄る』自由を擁護します」（「ル・モンド」紙、二〇一八年一月九日、電子版）、カトリーヌ・ドヌーヴ書簡（「リベラシオン」紙、同年一月一四日、電子版）、および、「三四三人のマニフェスト」（「ヌーヴェル・オプセルヴァトゥール」誌、一九七一年四月五日号）の訳出をお願いした。また、その過程で多くの教示を受けた。感謝する。作者

＊初出一覧

彼女のことを知っている　「新潮」二〇二一年十二月号

海辺のキャンプ　「新潮」二〇二二年二月号

『カトリーヌ・ドヌーヴ全仕事』　「新潮」二〇二二年四月号

いくらかの男たち　「新潮」二〇二二年六月号

彼女《かのじょ》のことを知《し》っている

著 者

黒川《くろかわ》 創《そう》

発 行

2022年12月20日

発行者 佐藤隆信

発行所 株式会社新潮社

〒162-8711 東京都新宿区矢来町71

電話 編集部 03-3266-5411

読者係 03-3266-5111

https://www.shinchosha.co.jp

印刷所

大日本印刷株式会社

製本所

加藤製本株式会社

乱丁・落丁本は、ご面倒ですが小社読者係宛お送り下さい。
送料小社負担にてお取替えいたします。
価格はカバーに表示してあります。

ISBN978-4-10-444412-0 C0093

ウィーン近郊　黒川創

関空に向かう飛行機に兄は乗らず、四半世紀を暮らしたウィーンで自死を選んだ。報せを受けた妹が辿る兄の軌跡。不器用な生涯を鎮魂を込めて描きだす中篇小説。

暗い林を抜けて　黒川創

会いたいときは、あの林にきてくれ。そのあたりをほっつき歩いているから。50を前にして病を得た記者の30年の歳月。ままならない人生の仄かな輝きを描く長篇。

鶴見俊輔伝　黒川創

幼少期から半世紀に亘って鶴見の間近で過ごした著者が、この稀代の哲学者を育んだ家と時代、93年の歩みと思想を跡づける。没後3年、初めての本格的評伝。

岩場の上から　黒川創

二〇四五年、核燃料最終処分場造成が噂される町「院加」。そこに聳える伝説の奇岩――。〈戦後一〇〇年〉の視点から日本の現在と未来を射抜く壮大な長篇小説。

京都　黒川創

「平安建都千二百年」が謳われる京都で地図から消された小さな町。かつて確かにそこにいた、履物屋の夫婦と少年の自分。人の生の根源に触れる四つの町をめぐる連作集。

暗殺者たち　黒川創

日本人作家がロシア人学生を前に語る20世紀初頭の「暗殺者」たちの姿。幻の漱石原稿を出発点に動乱の近代史を浮き彫りにする一〇〇%の事実から生まれた小説。